LA VENGANZA
DEL HAYA HERIDA

ExLibric

CARLOS J. ZARCO IBÁÑEZ

LA VENGANZA
DEL HAYA HERIDA

EXLIBRIC
ANTEQUERA 2025

LA VENGANZA DEL HAYA HERIDA
© Carlos J. Zarco Ibáñez
Diseño de portada: Dpto. de Diseño Gráfico Exlibric

Iª edición

© ExLibric, 2025.

Editado por: ExLibric
c/ Cueva de Viera, 2, Local 3
Centro Negocios CADI
29200 Antequera (Málaga)
Teléfono: 952 70 60 04
Fax: 952 84 55 03
Correo electrónico: exlibric@exlibric.com
Internet: www.exlibric.com

ISBN:979-13-87707-03-3
Depósito Legal: MA 273-2025

Impresión: PODiPrint
Impreso en Andalucía – España

Nota de la editorial: ExLibric pertenece a Innovación y Cualificación S. L.

CARLOS J. ZARCO IBÁÑEZ

LA VENGANZA
DEL HAYA HERIDA

Esta obra es una ficción. Cualquier parecido con la realidad es mera coincidencia. Todos los personajes, nombres, hechos, organizaciones y diálogos en esta novela son o bien producto de la imaginación del autor o han sido utilizados en esta obra de manera ficticia.

Lo he escrito dentro de los bosques y mi venganza
sobre el corazón, en el interior de un haya.

LECUMBERRI, VERANO DEL AÑO 2000

Sonó el timbre insistentemente.

Ring, ring, ring.

Federico estaba recogiendo los papeles de la mesa.

Ring, ring, ring.

Estaba cansado, el día había sido muy ajetreado.

Ring, ring, ring.

Un juicio a primera hora, dos reuniones después, una comida con un cliente y una pesada tarde de despacho preparando diversos asuntos que no se podían posponer. En fin, un día normal o casi normal de trabajo.

Por eso, cuando oyó el timbre de la puerta, puso cara de derrota. Solo quería llegar a casa y ver a los chicos antes de que se fueran a dormir; muchas veces solo los veía dormidos y procuraba que esto ocurriera las menos veces posibles, y así poder hablar con ellos sobre cómo había ido el día en el colegio, darles un beso aún despiertos y poder sentarse en el sofá abrazando a Ana un rato, solo un rato.

Volvió a sonar el timbre de la puerta.

Ring… ring.

—¡Ya va, ya va! —gritó mientras recorría el largo pasillo que separaba su despacho de la puerta.

¿Quién sería a esas horas? Seguro que algún vecino con un problema que no podía esperar.

Recompuso su rostro cansado, se ajustó el nudo de la corbata y abrió.

Lo único que vio fue el cañón de una pistola a la altura de su cabeza y no le dio tiempo a más. Oyó un sonido sordo y…

I

El pasado

Los recuerdos se agolpaban en mi mente.

Dicen que el recuerdo de algo lejano está más próximo que el recuerdo de lo cercano.

Estaba en ese momento en el que un hecho iba a cambiarme radicalmente la vida.

Esa vida que hasta ahora se había movido en la monotonía y la mediocridad de la clase media y que en mi juventud había pasado envuelta, durante unos pocos años, en el marasmo de la lucha de estudiantes de finales de los años 70 y comienzos de los 80.

Todavía existían las ideologías y yo era, en aquel entonces, un romántico que creía en las ideas y pensamientos políticos pasados. Me estaba quedando fuera del juego, mientras otros se colocaban para lo que estaba llegando.

En las reuniones minoritarias de la facultad éramos solo cuatro, cuatro que comenzamos la lucha contra esa gran mayoría que había surgido tras la muerte del dictador; era (¡ahora me río mirando atrás!) una lucha perdida. Disfrutaban aplastándonos en asambleas, reuniones, incitándonos: «Vosotros, fascistas, sois los terroristas». En consecuencia, algún moratón, algún golpe, algún policía, algún juez, alguna represalia…

Éramos pocos, pero la ilusión que poníamos era tan grande que Luis, Gloria, Fede y yo parecíamos más. Cada golpe, cada presión, cada lucha nos daba fuerzas; nos sentíamos como héroes, los nuevos héroes que recogían la antorcha de quienes sufrieron años antes por las mismas razones, pero que dejaron ese algo que unos románticos como nosotros retomaríamos años después, creyendo en ellos y pensando que, aunque éramos los menos, teníamos la razón. Habíamos recibido el relevo y nos tocaba correr; corrimos y perdimos. Todo había cambiado, solo nos quedaban nuestros poetas y las canciones, pero con el agravante de que los suyos eran muy buenos. Yo me conformaba con escuchar a Loquillo, *Cuando fuimos los mejores*. Los demás ya no estaban. Nuestra vida se había visto enriquecida por unos valores que solo tiene la juventud y que, una vez pasada, languidecen o quedan en el olvido, quizás latentes o dormidos, pero dentro.

La vida, como la de mis compañeros, una vez abandonada la universidad, nos llevó por diversos caminos; nos fuimos separando, perdiendo el contacto que da la lucha diaria, la camaradería.

La responsabilidad nos había vencido: el trabajo, nuestras parejas, los hijos. Nos fuimos hundiendo en lo vulgar, en la mediocridad, en la farsa, otro enfoque del que teníamos cuando éramos estudiantes, donde el corazón estaba por encima de la razón; nos faltaba ese empuje.

Esa monotonía es la que había acabado con mi matrimonio; tenía que hacer algo nuevo, algo que no encontraba. Intentaba concentrar todo en mis hijos, pero me faltaba algo.

Volví a ver a Gloria; ella seguía casada, no la había vuelto a ver desde su boda. La boda marcó la distancia con sus amigos, supuso su marcha de Madrid. Ahora ya era madre de dos hijos, a los que adoraba, pero a su vuelta la encontré muy cambiada, un poco desengañada y aburrida. Había vivido unos años en una pequeña capital de provincias, ella, tan acostumbrada a la capital. Lo había pasado mal, pero su regreso a Madrid la había devuelto los recuerdos y comenzaba a reencontrarse con las viejas amistades y el ayer.

A Luis, divertido como siempre y engordando no tanto como yo, le había vuelto a ver hacía unos meses, ya con su bonito uniforme de gala como en el siglo XIX formando parte de su vida diplomática, en una ceremonia de Estado. Su familia le había llevado donde todos, incluido él, esperaba: mujer, un hijo y toda una carrera por delante; pero en sus ojos vi lo mismo que vi en Gloria a su vuelta y que veía al mirarme en el espejo cada mañana: añoranza del tiempo pasado, tristeza del tiempo perdido y una situación que no nos gustaba, igual que no nos había gustado la que había cuando estudiábamos juntos en la universidad, pero entonces nos teníamos unos a otros y, sobre todo, éramos muy jóvenes.

¿Tanto habíamos cambiado?

Habían pasado veinte años y allí estábamos los tres en esa mesa del café, rememorando nuestros días de sacrificio y esperanza, cuando a Luis le partieron la cara y acabamos los cuatro en la DGS, en la Puerta del Sol. Siempre se ha pensado que la policía en aquellos años estaba inclinada hacia nosotros; simplemente era un truco utilizado por la misma para infiltrarse en los grupos que eran denominados de extrema derecha por la nueva sociedad, para desprestigiarlos; se hablaba de confabulación entre ellos. La realidad era que la policía, en ese momento, acabó con los inicios de lo que en toda Europa era un resurgir de dichos movimientos, y por lo que en España no se ha dado el mismo fenómeno, los habían liquidado. Entonces, para los nuestros, éramos casi unos «mártires», aunque Luis contara en su casa que se había golpeado con la puerta de un autobús y que nos trataran bien gracias a que

Gloria conocía al comisario. Nuestra lucha en aquella batalla y la revancha que nos tomamos dos días después marcaron un punto de inflexión en nuestra vida; en la mía, además, un suspenso en derecho penal. Días de pasión y rebeldía juvenil.

Allí estábamos, hablando de nuestros viejos compañeros, de los vivos y de los muertos.

¿Qué nos había llevado a aquel café? Definitivamente, lo que siempre nos había movido a falta de la juventud: la muerte, y en este caso la de Fede.

La palabra «café» siempre nos traía el recuerdo de sus iniciales, C-A-F-E, nuestra contraseña para desconocidos, inventada allá por 1936, y que nos encantaba utilizar mientras nos partíamos de risa.

Lo ocurrido era, en ese momento de nuestra vida, si no diario, sí frecuente, algo con lo que ninguno contábamos y nos llegó de una manera inesperada y dolorosa, muy dolorosa.

Había sido una semana dura. El verano, además del calor, aumentaba el trabajo y hacía de este algo estresante y enloquecedor. Mis hijos disfrutaban de un mes de vacaciones en la playa con su madre y yo estaba necesitando unos días fuera de Madrid.

Pero esa mañana, que como tantas otras se iniciaba con el sonido del despertador y las noticias en la radio de otro atentado en el norte, no era una mañana más, ni un atentado más, pero yo no lo sabría hasta unas horas después.

Como siempre, Julián, un compañero de trabajo, me pasó a recoger para ir juntos y, como todos los días, paramos a comprar la prensa en el quiosco de la plaza.

Si bien había escuchado la noticia e íbamos comentándola en el coche, me quedé sobrecogido al leer el nombre de la víctima:

Federico Legorburu Oña.

¡Fede, era Fede!

¡No podía ser!

¿Me habría equivocado al leer o sería alguien apellidado como él?

Releí de nuevo la noticia y no podía ser otro...

Lecumberri. Asesinado el concejal de UPN, Federico Legorburu Oña, edil del Ayuntamiento Navarro de Lecumberri, fue asesinado ayer tarde, a las 20:30 horas, en su despacho de abogados de la misma localidad.

Federico, Fede para los amigos, era el cuarto del grupo. Magnífico estudiante y gran compañero, navarro y de derechas de toda la vida, como su padre, le decíamos bromeando.

Había hecho muy buenas migas con él. Nos conocimos en el enorme bar de la facultad, cuando en la barra le escuché pedir un bocadillo de chistorra y la contestación socarrona del camarero. De ahí al «¿de qué parte de Navarra eres?», y de allí a una amistad para siempre. Nos unía el amor a la tierra, su tierra que era la mía, la de mi madre, donde yo había pasado muchos veranos de mi niñez y juventud, entre aquella gente noble que todos los días iba al bar de mi abuelo a degustar los caracoles o los cangrejos que mi abuela hacía a las mil maravillas y que, cuando los recuerdo, aún se me hace la boca agua.

En aquel caserón grande, de la Navarra agrícola, donde, llegado el verano, pasábamos las vacaciones todos los primos juntos en los años 60.

El caserón de los abuelos tenía dos plantas, corrales, granero, secadero para el tabaco y las judías, el «sobrado»... Todo un mundo maravilloso para unos niños de ciudad.

Bajo la sierra de Urbasa, en las Améscoas, rodeados de encinas, donde los antiguos habitantes, no hace tanto tiempo, hacían carbón vegetal en las carboneras, en medio del bosque. Un trabajo muy duro que realizaban familias enteras, desde el más pequeño al más mayor; era su forma de vivir.

La familia de mi abuela había sido carbonera, allí había transcurrido la vida de mis antepasados y siempre había tenido esta tierra como mía. No hace mucho tiempo, Moncho Armendáriz, director y guionista de la tierra y premio nacional de cinematografía, hizo una deliciosa película sobre la vida de los carboneros de la sierra, que me dejó un regusto especial: *Tasio*.

Las temporadas pasadas allí, año tras año, me habían hecho querer a sus gentes, entenderlas, conocerlas y ver cómo habían ido cambiando. Aquellos que querían colgar al mozo descarriado que atropelló a mi hermano pequeño con el coche que había cogido a su padre y con el que casi lo mata; aquellos que pescaban cangrejos furtivamente, cuando los cangrejos todavía eran autóctonos y no americanos; aquellos con los que mi padre disfrutaba tanto, oyendo sus chanzas y chascarrillos, las jotas navarras envueltas en el vaho y el humo del tabaco, el olor al alcohol del vino o el dulzón del pacharán, las fiestas, los chocos, el zurracapote.

Aunque Fede era de una zona más al norte, gente de montaña y fronteriza, por su relación de proximidad con el País Vasco y todo lo que ello conlleva: lluvia, frío pirenaico y un carácter diferente al del sur de Navarra, más parecido al carácter castellano, aragonés o riojano, pero navarro al fin.

Fede era un buenazo, muy noble y poco expresivo, o quizás retraído, y que, por afinidad geográfica, política o por amistad y camaradería, estaba siempre a nuestro lado. Era el más conservador de los cuatro, de antigua familia carlista, estaba residiendo en un Colegio Mayor, el Loyola, y por tanto con los jesuitas.

Cuando a Luis le daba el ataque revolucionario, que no parecía casar con sus necesidades para ser diplomático y no le podíamos parar, Fede acababa siempre enfadándose con él por meterse con la monarquía, aunque no fuera la rama carlista; estaba con nosotros por estar contra ellos, por lo que, cuando me enteré de que era concejal de Unión del Pueblo Navarro, no me extrañó nada. Había tantos compañeros que ahora eran del PP que parecía cumplirse la teoría de la evolución natural de que «cada burro acaba en su pesebre».

Su estancia en la facultad fue tan breve como lo que duran los estudios de Derecho: cinco años que superó con magníficas notas sin por ello descuidar nuestra actividad político-estudiantil tan ajetreada.

Nunca había vuelto a intentar ver a Fede, a pesar de que iba todos los años a pasar unos días a Navarra con mi mujer y los niños.

Siempre pensé que se habría marchado a alguna gran ciudad, donde ejercería como abogado o trabajaría en alguna multinacional como ejecutivo; era el más inteligente de los cuatro, terminó tan rápidamente la carrera que nos pasó como un bólido de fórmula 1 y volvió a su casa. Fueron cinco años que se nos hicieron cortos, pero muy intensos. Tras una triste despedida, prometí irle a ver a su pueblo la próxima vez que subiese a Navarra, pero nunca lo hice, unas veces por olvido y, finalmente, por vergüenza.

II

El entierro

Lo cierto es que allí estábamos, en aquel café, Gloria, Luis y yo, en Pamplona; les había llevado a la Plaza del Castillo y allí, en el café Iruña, que todavía mantiene el regusto del viejo café de los años treinta, con ornamentación de hierro, techos altos, mesas de forja y mármol y con camareros vestidos de chaquetilla blanca y botones dorados; donde los clientes leían los periódicos bajo los escudos de las villas de Navarra y, sobre la puerta de entrada, el escudo de España, para ahogar nuestra pena en ese desapacible día de verano.

Había sido un día muy duro, tras conducir toda la noche, recordando tiempos pasados y cagándonos en todos los muertos de los asesinos de ETA y compañía, habíamos llegado a Lecumberri; no nos costó mucho encontrar la iglesia.

No conocíamos a su familia. Por la prensa nos habíamos enterado de que estaba casado y que tenía dos hijos, además de trabajar como abogado en su propio despacho.

El pueblo era pequeño, unos tres mil habitantes, y Fede era muy conocido y popular, y allí, en su propio despacho, era donde unos energúmenos le habían descerrajado dos tiros en la cabeza. Él mismo les había abierto la puerta, como hacía con los clientes o con los vecinos que venían a pedirle ayuda para cualquier cosa o cualquier problema; todos sabían que allí tenían a Federico

Legorburu, quien nunca le negaba nada a nadie, tuviese o no dinero, fuese o no de sus ideas.

En el funeral se encontraban todas las autoridades, tanto del Estado como forales; incluso el presidente del Gobierno, el ministro del Interior, el presidente de la comunidad foral, familiares, amigos, guardaespaldas y policías.

Estuvimos esperando la salida del féretro y viendo, por primera vez en directo, esos aplausos, que me ponen enfermo por ser algo completamente inadecuado, a mi parecer, y la monotonía de los entierros, sin rabia, solo dolor, mucho dolor y resignación.

Nos dirigimos al cementerio, donde nos llamó la atención que no hubiera nadie; solo en la puerta, un coche de la policía foral, por quien nos enteramos de que la familia había querido un entierro estrictamente familiar.

—Vámonos —dijo Gloria, volviéndose hacia la salida.

—Espera —la detuve, sujetándola por el brazo.

Yo quería conocer a su familia, no podía quedar todo ahí. Esperamos a que llegaran.

Eran unas veinte personas. Alguien se acercó para decirnos, amablemente, que querían estar solos. Le explicamos la situación, diciéndole que nos volvíamos inmediatamente a Madrid; solo queríamos dejarle unas flores, nuestras cinco rosas que Luis llevaba en la mano.

El joven se dirigió directamente a una mujer vestida de negro, joven, que al pie de la tumba nos miró y nos hizo una señal para que nos acercáramos.

Al acercarme, dijo:

—Tú eres Juan, ¿verdad?

Sin dejarme contestar, me abrazó llorando y, junto a mi oído, susurró:

—¡Os ha echado tanto de menos!

Abrazando a Luis:

—Tú eres Luis y tú, Gloria.

Abrazó y besó a Gloria como quien busca un apoyo que acaba de encontrar y, abrazada a ella, siguió mientras lo enterraban.

Luis arrojó las cinco rosas sobre el féretro y yo le apreté la mano para que no gritara aquello de «camarada Federico Legorburu, presente». Al fin y al cabo, había caído como los viejos camaradas, pero nadie de los allí presentes, excepto los tres y quizás su viuda, hubieran entendido nada y no era el momento ni el lugar para dar la nota.

Al salir, la viuda, entregándole una tarjeta a Gloria, dijo:

—No os vayáis sin hablar conmigo antes, por favor.

—No te preocupes —le respondió Gloria, abrazándola.

El día amenazaba lluvia y una densa niebla se iba apoderando, poco a poco, de las tumbas del cementerio, que iban desapareciendo de nuestro alrededor, como si quisiera tragarse la escena, la angustia, el dolor…

Cuando nos quedamos solos los tres, no pudimos contener las lágrimas. Abrazados, la tensión era grande; Luis entonces dio el grito que antes le había hecho contener y nosotros contestamos con un «¡Presente!» que sonó triste y solitario; le cantamos llorando el *Yo tenía un camarada* y salimos del cementerio.

Allí quedaba solo y frío nuestro muy querido Fede, que nunca había hecho nada malo a nadie, pero que pensaba diferente a los que le mataron. En su lápida quedaría más tarde el epitafio que escribió para algún compañero, sin pensar que definitivamente sería para él mismo:

El día que te mataron
en el suelo y de bruces,
allí solo te dejaron.
Hoy estás entre las cruces
del sitio en que te enterraron.
En un principio pensaron
que acababan con las luces
de una vida que cazaron,
por la espalda, y ya no sufres
a los que te eliminaron.
Es la suerte que tú tienes
y no los que se quedaron.

Eran las dos de la tarde. Decidimos ir a comer y después llamar al teléfono que venía en la tarjeta para conocer finalmente qué quería de nosotros la viuda de Fede.

Comimos magníficamente, como suele ocurrir en casi todo el norte, hicimos una sobremesa larga, saboreando el queso de Idiazábal originario del valle, y decidimos hacer tiempo dando una vuelta por el pueblo.

Lecumberri era la antigua capital del valle de Larraín, en la sierra de Aralar, muy cerca de la frontera con Guipúzcoa. Siempre ha sido un lugar de veraneo, con un casco viejo bastante bien conservado, con su iglesia gótica de San Juan Bautista, su bello Ayuntamiento, esa tarde con la bandera con un crespón. La zona es preciosa; en los alrededores teníamos el nacedero del Larraún, el nacedero de las Dos Hermanas o San Miguel de Aralar y tantos otros lugares que nos hubiera gustado visitar con Fede y que, por dejación y por unos cabrones, nuestro amigo no volvería a pasear por ellos nunca más.

III

La viuda

Desde el móvil llamamos al teléfono de la tarjeta, preguntando por Ana, que era el nombre que figuraba junto al de Fede. Nos contestó la voz de un hombre que nos dijo que no era el momento más adecuado, pero al explicarle quiénes éramos, tras un momento de espera sonó la voz de Ana al otro lado, insistiendo en que nos pasásemos por su casa a las 19 horas. La dirección era la de la tarjeta.

A dicha hora, puntuales, nos presentamos allí. Ella ya no iba de negro; era muy bella, pelirroja, de mediana estatura, muy delgada. No era la mujer que yo habría imaginado para Fede, pero allí estaba, sola, con sus ojos rojos de haber llorado, pero de los que no volvimos a ver salir una lágrima; las últimas las había dejado en el cementerio.

Nos recibió con familiaridad, como si nos hubiéramos conocido desde siempre. Para ella, parecíamos unos viejos amigos.

La casa era agradable, con mucha luz; nos sentamos en un tresillo alrededor de una mesa baja donde nos sirvió lo que cada uno quiso tomar; optamos por el pacharán y ella se sirvió un Bailey's y comenzó a contarnos…

—Fede siempre os mentaba, me había contado mil veces vuestras historias, vuestros buenos y malos momentos de los «años de guerra», como él los llamaba. Hasta en su última noche

29

hizo un comentario a los niños sobre sus años de estudiante y sus luchas contra «los más», debido a un problema del mayor en el colegio con otros niños.

—Tenéis que ser valientes; lo único que podéis perder es el miedo, no más.

Y él perdió la vida por no tener miedo. ¡Vaya si la perdió!

Ana nos mostró una foto que Fede guardaba como oro en paño; en ella se nos veía a los cuatro junto al Arco del Triunfo de Madrid; era de noche y debía ser una noche del 19 al 20 de noviembre de principios de los años 80. Los cuatro íbamos de oscuro: cazadoras negras, botas de montaña y una sonrisa que nos llenaba la cara y que solamente tienen los jóvenes, aunque hubiera una larga marcha por delante, pero sobre todo lo que mostraba la foto era ilusión.

—Hacía dos o tres meses que se le veía muy nervioso y preocupado. Procuraba ocultárselo a los niños.

Curiosamente, se llamaban Juan y Luis. Nos miramos sorprendidos, dándonos cuenta del cariño que Fede nos guardaba, él, a quien casi habíamos olvidado. Para nosotros la distancia era el olvido, pero no debe ser así siempre; para él, desde luego, no. Estaba claro que era el mejor de los tres. Solo su muerte había despertado los recuerdos de antaño y algo más que quedaba ahí dentro, ese poso que deja el recuerdo de juventud y cariño, mucho cariño.

—En las últimas notas que había escrito y que he encontrado en su escritorio, comentaba el mal momento que estaba pasando el problema vasco y que salpicaba a los navarros… Describía por escrito siempre sus sentimientos a diario, si tenía algo que contar. —Ana sonrió para continuar—:Pero tenía buen humor;

he encontrado una poesía, a la que siempre había sido muy aficionado, dedicada a Arana.

Nos leyó despacio:

De Lecumberri, Navarra,
y de vasco nada tengo,
aunque lo diga un etarra,
Arana o su gobierno.
Me gusta, sí, la chistorra
y el espárrago bien tierno
y me bebo con la gorra
todo el vino de este pueblo.
Si Navarra no es España
y mi familia, maquetos,
Arana, ¡hijo de puta!
¡Me cago en todos tus muertos!

Nos reímos y Ana continuó contándonos.

—Se sentía amenazado y me describía cómo habría reaccionado Luis ante estos problemas; decía que ya le habrían quitado de en medio y que Juan hubiese sido más reflexivo; a ti, Gloria, te mencionaba menos, pero yo sé que te echaba mucho en falta.

Gloria enrojeció.

Los tres sabíamos que Fede estuvo absolutamente loco por Gloria, pero que, aunque nunca se atrevió a decirle nada porque tenía novio, jamás había dejado de ser su amor platónico.

—Los abertzales le tenían marcado y se lo decían en cada pleno, pero ¡Nunca les perdonaré! —exclamó con ira no contenida—. Tienen que pagar el haber dejado huérfanos a mis hijos, no por lo que significa la palabra, sino porque un padre como ese no se encuentra así como así, y ellos, que lo tenían, lo han perdido y se lo han matado por su amor a Navarra, España y su gente.

Era una de las cosas que habíamos compartido en aquellos años juntos, entre poesía y poesía, canción y canción, lucha y lucha, ese amor que nos habían inculcado.

—Por eso os pido que me ayudéis a vengarlo. Si no lo consideráis oportuno, no os preocupéis, no me enfadaré por ello; no os lo puedo exigir; lo haré yo sola —dijo Ana.

Nos dejó absolutamente helados. Si hubiese sido Luis quien lo hubiera dicho, no nos habría chocado, pero a ella no la conocíamos, no era uno de los nuestros. Ana nos estaba pidiendo ayuda para vengarle; no quería que los hijos de puta que todo el pueblo conocía se saliesen con la suya. Fede nos había considerado unos valientes y con coraje, pero habían pasado veinte años y ya no éramos los mismos.

Un silencio incómodo llenó la sala. La conversación había terminado. Nos miramos y le prometimos pensarlo; era algo para recapacitar los tres solos, y me avergonzó que no hubiera salido de nosotros.

—Te daremos la contestación cuando lo hablemos —le dije sin pensarlo.

Nos despedimos sin lágrimas, con la convicción de que volveríamos a conocer a los chicos, ahora con sus abuelos en Zaragoza.

Ya en el coche, salimos del pueblo en dirección a Pamplona.

Los pocos kilómetros que nos separaban de la capital navarra transcurrieron en un profundo silencio.

En la plaza del Castillo, donde Rafael García Serrano había escrito la novela del mismo nombre, con un café sobre la mesa comenzamos a plantearnos el asunto.

—No me gusta el tema; eso no puede salir bien, solo nos va a traer problemas y nosotros solos no podemos hacer nada. A mí también me da rabia lo que le han hecho a Fede, pero nosotros solos no somos nadie.

Gloria era poco partidaria de la venganza. Esta le había costado la vida a su padre, por lo que no nos extrañó, ya que conocíamos su historia.

La empresa de su padre, en nuestra época de universidad, estaba teniendo problemas por culpa de unos trabajadores que daban más importancia a la lucha política que a su trabajo; tras despedirlos, los abogados de los trabajadores consiguieron ganar el juicio y el despido improcedente le llevó a tener que pagar una gran indemnización económica junto con una multa que dejó tocada la empresa. Pero su padre no dejó que la historia terminara como otras muchas en esa época de transición; quiso vengarse dándoles un escarmiento, y aquello terminó en un conflicto laboral de dimensiones importantes que acabaron con la empresa y dieron con su padre en la cárcel, donde murió poco después. A él le habían arruinado, pero la venganza hundió su vida y la de su familia. La familia no logró superarlo; su madre enfermó y murió poco después.

Ella se refugió en la universidad y en nuestro pequeño grupo; la procesión iba por dentro, pero casi nunca dejó vislumbrar la tragedia familiar y nosotros pasamos a ser su familia en el día a día, hasta que acabó la universidad.

Luis rápidamente la atacó, dejando ver claramente su machismo, más de boquilla que de hecho, porque era partidario de volver inmediatamente a romper unas cuantas cabezas en Lecumberri. Siempre teníamos que pararlo.

—Las mujeres siempre habéis sido muy blanditas; cuando hay que echarle huevos al asunto, os…quedáis atrás.

—Luis, no seas injusto con ella. Siempre estuvo con nosotros en primera línea —le indiqué.

Intenté convencerla con el argumento de que no era una venganza, sino una obligación a la que nos habíamos comprometido y conjurado desde la universidad. Éramos una familia, éramos sus hermanos desde aquel momento y para siempre.

—Lo nuestro es una obligación, no lo debemos hacer por Fede, sino por nosotros. No le hemos ayudado a su debido tiempo y ahora, aunque tarde, será mejor que nunca. Tienen que saber con quién se juegan las pelas. No es un hertziana ni un concejal o un militar, que está tan mal como lo de Fede, pero tiene que quedar claro que matar a Fede, al camarada Federico, para nosotros, al menos, no es lo mismo. Y si el Estado es incapaz de parar este marasmo de muerte, nosotros debemos pararlo o, por lo menos, poner nuestro granito de arena para que así ocurra.

Me miraban con los ojos muy abiertos, sorprendidos, y continué con mi monólogo:

—Si el pueblo perdona, la familia perdona y los hijos perdonan, yo no puedo entender en qué rincón del corazón tienen ese trocito de perdón para quien ha matado a su padre, a su marido, al amigo; nosotros y él, el muerto, no perdonamos, y no perdonamos por ellos, porque quien mata a uno de los nuestros, mata un trocito de España, y eso no se puede perdonar. Están matando nuestro futuro y el de nuestros hijos.

»Puede llegar el momento en que exista un Gobierno que también perdone, pero no de una manera moral como se está haciendo ahora, que más que perdonar se induce al olvido, sino que, a través de las leyes, indultos, amnistías o cualquier forma legal que inventen o engañen, logren que los etarras paseen libremente por la calle, por las mismas que pasean sus víctimas vivas, por las mismas donde mataron, hirieron o maltrataron a tanta gente, y que sus delitos se olviden o incluso se enaltezcan, y eso no podemos dejar que pase.

Luis, emocionado, me daba golpes en la espalda. Gloria puso la mano sobre la mía y de allí salió la conjura del castigo, no de la venganza. Lo justo no tiene por qué ser legal y su viuda pedía justicia.

Luis apostilló:

—Se estarían apoyando en la ciencia jurídica de los realistas americanos. El derecho no tiene relación con la justicia, el derecho es amoral, no tiene condicionantes morales; se puede utilizar para fines diferentes. Habría vuelto el pragmatismo. ¡Viva el pragmatismo!

Al final, algo había quedado de la carrera de Derecho. Habíamos salido cuatro licenciados, de los que solo uno ejerció como tal: Fede, y ahora estaba muerto, pero algo había quedado.

Soltamos una carcajada y Gloria concluyó con un:

—¡Qué pedante eres y qué imaginación tan absurda!

Volvimos a Madrid. Al día siguiente era domingo; fue un regreso triste y nadie quería tocar el tema tratado en el café.

Me di cuenta de que, si lo dejábamos enfriar, todo quedaría en agua de borrajas, así que antes de dejarlos en sus casas, quedamos para la misa de novenario en Lecumberri.

El lunes, después de trabajar, llamé a Ana; la encontré mucho más tranquila. Había conseguido que su familia la dejara sola y me agradeció que la llamara. Tenía que hablar con alguien y... entonces me di cuenta de que su teléfono seguramente estaría intervenido, para que la policía pudiera localizar cualquier llamada, de regocijo o recochineo, pues esos hijos de puta no solo te mataban, sino que además alardeaban de ello. Por lo que me despedí ante su sorpresa e inmediatamente llamé al número del móvil que nos había dado. Respondió al momento y le comenté lo del teléfono. Había que tener cuidado y hablar a partir de ahora exclusivamente de vis a vis, a través de una cabina pública o, como último recurso, el móvil.

Le di mi número y quedé con ella el fin de semana siguiente, el sábado.

Le pregunté:

—¿Conoces Roncesvalles?

—He estado alguna vez, con Fede.

—Entonces, el sábado a las 13 horas en la cripta del rey Sancho.

IV

La cita

Era uno de mis lugares favoritos. El regusto medieval de su pétrea composición me había dejado anonadado la primera vez que lo visité, apareciendo entre la niebla que se retiraba del valle; su mole gris entre el fondo verde de las hayas le daba el aspecto medieval de la película *El nombre de la rosa*, basada en la novela de Umberto Eco, que en ocasiones retomo.

Cuando entré en la cripta un poco antes de las 13 horas, ella ya estaba allí. Su pelo rojo brillaba al recibir la luz que entraba a través de las vidrieras en las que el rey Sancho VII, ante cuya tumba nos encontrábamos, derrotaba a los moros y cortaba las cadenas que después formarían parte del escudo de Navarra y del de España.

Vestía una gabardina clara y llevaba gafas oscuras. Era realmente hermosa; me acerqué a ella y me besó en la mejilla. Paseamos por el claustro y entramos en la iglesia.

—¿Cómo están los niños? Y tú, claro.

—Todos bien —respondió, parca en palabras. No iba a ser fácil iniciar la conversación; se la notaba tensa y yo era un extraño conocido de oídas, pero, al fin y al cabo, un extraño.

Me estaba poniendo nervioso y a mí los nervios me dan hambre. Le insinué ir a comer y nos dirigimos a la salida.

CARLOS J. ZARCO IBÁÑEZ

El restaurante era pequeño, pero con una magnífica cocina casera que yo conocía bien. Era pronto y estábamos solos en el comedor.

La camarera se nos acercó entregándonos la carta; tras mirarla, Ana pidió:

—Cogollos de Tudela con bonito y anchoas, y lomos de bacalao.

—Pochas y un chuletón —continué, sin poder resistirme.

La camarera preguntó por la bebida.

Dirigiéndome a Ana…

—¿Qué vino blanco quieres?

—No, blanco no; si no te importa, prefiero un Borja tinto de mi tierra. Nunca he podido con el blanco, ni para el pescado.

Siempre, ante la comida, las relaciones se suelen relajar y, entre bocado y bocado, fui conociendo un poco mejor a la mujer que iba a dar un vuelco a nuestras vidas, para bien o para mal, pero que nunca olvidaríamos.

Durante la misma, me fue narrando su vida con Fede:

—Conocí a Fede en Pamplona. Yo soy de Zaragoza y había ido a estudiar filología inglesa en la Universidad de Navarra, más que nada por el prestigio de su universidad y la cercanía de mi familia. Allí, a través de unos amigos, le conocí. Acababa de terminar la carrera el curso anterior; tardamos algún tiempo en salir juntos y tuve que ser yo quien tomase la iniciativa.

Sonreí, porque sabía que siempre le había costado mucho esfuerzo relacionarse con las mujeres.

—Cuando terminé la carrera, nos casamos y fuimos a vivir a Lecumberri. La vida transcurrió tranquila durante los primeros años; me había costado acostumbrarme al clima, mucho más húmedo que el de Zaragoza o Pamplona, pero con la cercanía que ponía la autopista, estaba a dos horas de mis padres y hermanos en Zaragoza.

»Fede comenzó a meterse en la política local. Me había hablado tanto de vosotros, de vuestras historias, de la revolución pendiente, que cuando se afilió a UPN me burlé mucho de él; yo, que había sido siempre de izquierdas, me llamaba "mi rojilla favorita". Siempre estaba al tanto de los problemas, pensamientos y deseos del pueblo.

»Allí comencé a conocer el problema vasco que tanto afectaba a Navarra y que sería el que acabó truncando mi vida y la suya.

»Conocí a la gente que apoyaba la causa vasca, algunos de los cuales fueron detenidos por su implicación con el terrorismo; fundamentalmente a través de la Casa de Cultura, donde había dado clases de inglés durante un tiempo y que, en principio, era donde se comenzaba a palpar el cambio en la gente.

»El compromiso de muchos de ellos por el vasquismo, más que por el foralismo navarro, estaba introduciendo un senti-miento en la educación contrario al flujo normal de las ideas. Estaban siendo invadidos culturalmente por ideas del siglo XIX; ellos, una cultura sin duda diferenciada durante tantos años, con una Historia propia. Navarra, que hasta 1515 no se había unido a la realidad hispánica, era invadida por una cultura inventada, reciente y sin arraigo en esta tierra hasta entonces.

»No había duda de que el afán de modernidad, de la moda, de lo que simplemente se consideraba como algo pasajero, pasó a ser algo incontrolable y que calaba en la juventud con una fuerza difícil de parar, porque era revolucionario, contrario a las instituciones establecidas. De una manera fantástica, todos los jóvenes se sentían empujados o atraídos hacia algo nuevo, que era completamente distinto a lo que habían visto en sus padres o abuelos y que les enganchaba a través de su frescura y libertad; la entrega por una causa, una causa perdida y falsa, pero que suelen ser las causas que siempre han atraído a la juventud.

»Ahí está el germen: actos culturales, actividades lúdicas y un idioma extraño, como cuando de pequeños creábamos una jerga que solamente nuestro pequeño círculo de amigos entendía, para comunicarnos en secreto. Sabino Arana decía que el verdadero peligro estaba en que los maquetos aprendiesen la lengua del pueblo vasco.

»Me estaba dejando anonadado con el gran conocimiento que tenía del problema y se explicaba de una manera clara y concisa; cada vez se le notaba más suelta.

»Es hermosa la idea de crear un país y si cuenta con Vizcaya, Guipúzcoa y Álava, y le agregas Navarra y ese maravilloso sur francés de los Pirineos occidentales, de exposición. Desde luego, si hubiera nacido vasca y en esta época, me hubiera costado oponerme a esta idea, algo tan idílico: pastos verdes con sus vacas y caseríos, los pueblecitos costeros con sus traineras y sus pesqueros, sus ciudades tan preciosas como San Sebastián, Fuenterrabía, etc., sus grandes poderes financieros, su industria…

Ana lo había expuesto tal y como se lo mostraban a la juventud y, así expuesto, atraía. Muchos habían aprendido a luchar por la libertad de *este pueblo*.

—¿Y de la Iglesia? ¡¿Qué me dices de la Iglesia?! Un pueblo tan católico como el vasco, con una Iglesia tan poderosa y notable, que, en lugar de poner freno a estas ideas, ha sido el germen de un nacionalismo aguerrido. ¡Qué mejor que una Iglesia nacional vasca para un País Vasco que les libre de la mala influencia de la Iglesia española, que no les ha tratado como merecían. Obispos vascos que apoyan a párrocos abertzales; la clase media-alta que controla la economía besa por donde pasa su cura o su obispo, da dinero para sus seminarios y, por tanto, controla la educación de los que influirán más adelante en el pueblo desde el púlpito y ayudarán a los etarras desde la sacristía. La libertad del pueblo vasco también es cosa de Dios, por lo que se ve, y Dios debe ser vasco, del mismo Bilbao.

Me dio la risa, pero me di cuenta de que había dado en el clavo y había marcado a quienes estaban en el centro de la diana.

Un cura que no tenga a todos los católicos por feligreses, el que fuese pastor solo de las ovejas puras, las blancas, que rechazase a las ovejas maquetas de su rebaño.

Un maestro que embote las mentes limpias de los niños y jóvenes con ideas no de libertad, sino de odio a lo que no es vasco.

Un político que acepte cualquier vía para lograr su fin.

La independencia falsa, el engaño, la mentira.

Lo vi muy claro: ese debía ser el orden por seguir, tenía su lógica, era lo que estábamos buscando, la respuesta a algo que no sabíamos muy bien qué era; pero se había hecho la luz y unos vengadores inexpertos como nosotros debíamos tener mucho cuidado.

En principio, parecía que el cura sería el más fácil; el tiempo lo diría, de la menor a la mayor dificultad, y así iba a ser.

Mientras acabamos el vino de la botella y nos ponían el postre, unas cuajadas caseras, ¡como en pocos sitios había probado antes! Ella, cambiando la conversación, preguntó:

—¿Y qué ha sido de ti en estos años?

—No hay mucho que contar. Cuando Fede volvió a Navarra, yo ya tenía novia y no tardé mucho en casarme; tenía un trabajo de funcionario que me gustaba, que, aunque no daba mucho dinero, sí lo suficiente. Mi vida se hizo más cómoda y prácticamente abandoné los estudios.

»Tengo dos hijos preciosos, que me adoran, quizás porque no me ven lo suficiente y me echan de menos, tanto como yo a ellos.

Nuestro matrimonio se fue al garete con el paso de la vida, por no saber salir del tedio; y ahora, con tiempo, que es lo más importante, puedo dedicarlo a leer y escribir, lo que siempre me había fascinado, pero que, por unas cosas u otras, no he podido hacer. El viajar, que es mi otra gran afición, la puedo ya disfrutar muy de vez en cuando; la congelación salarial de los sucesivos gobiernos nos está dejando ¡a verlas venir!

Me miró a los ojos, esos ojos de los que me estaba quedando colgado.

—He aprendido a mirar la vida de otra manera, no me he vuelto a preocupar por la política nunca más. He mirado con indiferencia el problema del Norte porque veo que no es una guerra, ya que en estas mueren gentes de los dos bandos. Esto es un tiro de feria, en el que unos son los tiradores y otros el blanco.

Me había ido del tema y le pedí perdón, pero ella me rogó que continuase.

—Pues según el bando al que pertenezcas, así te irá la vida o la muerte. Pero hasta la muerte de Fede no he sentido una afectación personal, a no ser la historia de un compañero de colegio, ahora policía nacional, que me contó cómo se encontró con otro de nuestra clase en su destino del País Vasco, y después resultó pertenecer a un comando de información, o aquel chico que jugaba con mis hermanas en vacaciones en Navarra, cuando éramos pequeños, y que hoy está en la cárcel por ser un terrorista. Pero ahora, cuando me toca perdonar a mí, me ocurre lo que siempre había pensado: no puedo; me toca entrar en la feria y no quiero ser el blanco, no quiero ser Fede, quiero ser el tirador y poder comprobar si se puede matar a un ser humano a sangre fría, como nos han contado los mayores de la Guerra Civil, que no era matar por matar, que allí había pasión, ideas, venganza y, por supuesto, valor. No sé el sentimiento que tendré después, pero ahora es una necesidad que tenemos Luis, Gloria y yo.

En el silencio, ella me cogió de la mano y dijo:

—Y mía también.

Sentí su ternura y el contacto de su piel me trajo a la mente el recuerdo de Fede. En nuestro primer encuentro en la Universidad, aquel muchacho gordito y cortado que se acercó a nosotros, casi de puntillas y pidiendo perdón, sin darse cuenta de que nosotros tres estábamos tan asustados como él, en aquella marabunta de estudiantes, que entendía que su libertad era destruir la nuestra.

Nosotros no éramos unos privilegiados, como ellos parecían creer, e individualmente se podía hasta hablar con ellos; pero aquellas multitudinarias asambleas nos asustaban y no sé de dónde sacábamos el valor para acudir a ellas y opinar de manera contraria a la opinión mayoritaria. El Gobierno de Suárez era el enemigo de todos; para ellos, seguía siendo un Gobierno de la dictadura, los herederos del franquismo; para nosotros, unos traidores.

Fede sufría lo indecible, pero, como nosotros, sacaba fuerzas no sabemos bien de dónde, seguramente de la inconsciencia de la juventud, y poco a poco fuimos siendo marcados y señalados, cosa que nos enorgullecía y daba valor para seguir adelante. Y, cuando nos sentíamos desfallecer, Fede aparecía y nos insuflaba el valor que nos faltaba. En realidad, era el que nos volvía a poner de pie en los momentos difíciles.

Se hacía tarde y, en otoño, anochecía pronto. Ana tenía que volver a casa; al día siguiente era domingo y el lunes se celebraba la misa de novenario.

Me dijo que los niños no asistirían; estaban muy afectados y se quedarían con los abuelos en Zaragoza, no quería que sufrieran más. Los sacaría de allí a toda costa y no volverían más. Eran navarros; allí habían nacido, crecido, en Navarra se habían educado. Su padre y gran parte de sus raíces estaban allí; no sabía si su decisión sería la acertada, pero así lo iba a hacer.

Es curioso que las víctimas del terrorismo, y me refiero a estos casos de hijos de asesinados en el norte, el cónyuge sobreviviente, si no es de allí, inmediatamente se marcha; en realidad, los están echando de su tierra. Esto produce un problema añadido, que es el desarraigo, porque no han perdido solo al padre o la madre, sino a sus vecinos, sus amigos, su colegio, su pueblo, el sitio donde han nacido, crecido y jugado; un gran problema que les va a afectar y acompañar siempre.

Nos despedimos hasta el lunes; me estrechó las manos entre las suyas y me puso un nudo en la garganta cuando le dije:

—Cuenta con nosotros.

Y ella simplemente contestó:

—Gracias.

La vi alejarse entre la niebla, esa niebla que baja desde el bosque de hayas hasta el monasterio, la misma niebla entre la que se movía el caballero Roldán y la retaguardia del ejército de Carlomagno antes de ser masacrados por los navarros, allí al lado, hace tantos años.

Deshice mis pasos hacia el monasterio, quería volver a oír el golpear del agua contra el agua en el patio central del mismo.

Intenté aclarar mis ideas durante un rato y después llamé a Luis y Gloria para indicarles dónde estaba la casa familiar en Navarra, donde quedamos al día siguiente para poder estar el lunes a primera hora en la misa de Fede.

V

El cura

Nunca he podido olvidar el olor de la mañana en casa, ese olor a mies, al aire que llega de las Améscoas y Urbasa.

Había regresado tarde y cansado, pero el descanso nocturno había sido reconfortante. Me levanté, desayuné y, después de saludar a mis tías, me fui a misa; mi catolicismo se había quedado algo trasnochado. Desde que había dejado el colegio en el que prácticamente oíamos misa todos los días, no había vuelto a la iglesia, salvo para las celebraciones importantes: bodas, bautizos, comuniones y entierros. Aunque sí mantenía las amistades con los religiosos de entonces. Pero cuando estaba en el pueblo me gustaba ir a misa, donde todavía, y como recordaba desde siempre, los hombres se sentaban a un lado de la iglesia y las mujeres a otro. La iglesia estaba llena a rebosar, como todos los domingos. Me llamó mucho la atención que el cura pidiese por las vocaciones sacerdotales, mencionando que este año solamente había salido un cura del seminario de la diócesis de Navarra.

Estaba claro que algo estaba cambiando; hasta hace pocos años, en cada familia navarra, que solían ser muy numerosas, había como mínimo un cura o una monja. Mi madre siempre contaba que la familia que vivía al lado de la casa de teléfonos de su pueblo, de los cinco hijos que tenían, tres eran curas y dos monjas, y ahora el cura del pueblo tenía otros cinco pueblos a su cargo y no daba abasto.

La familia era algo fundamental en Navarra. Había funcionado bajo la dirección del patriarca hasta que los hijos eran muy mayores, un catolicismo muy arraigado, una Iglesia muy poderosa y la agricultura como fuente económica principal. Pero todo estaba cambiando.

La rica tierra navarra, que se había mecanizado antes que el resto de España y creado una privilegiada industria conservera con productos de una calidad única y con denominación de origen propia, se encontraba ahora con la dificultad de no encontrar mano de obra para el campo; los jóvenes se habían hecho cómodos y no querían dejarse la vida en la tierra como sus padres, preferían la ciudad, cuando era esa tierra la que les había dado el gran nivel de vida que ahora tenían. Comenzaba a proliferar la mano de obra extranjera, sobre todo sudamericana, que se había establecido en gran número en la zona. Así que los famosos productos de Navarra: espárragos, tomates, pimientos, frutas, etc., eran recolectados ya por estos, y su número se notaba en la misa del domingo; la iglesia estaba llena de católicos sudamericanos.

A la salida saludé a la familia y a los viejos conocidos del pueblo. El atrio de la iglesia, a la salida de la misa, era el momento del encuentro de todos los del pueblo, como siempre, como cuando, de la mano de mi padre y con el abuelo, éramos considerados unos navarros más. Aunque ya hacía tiempo que no nos veíamos, el madrileño, el hijo de la Blanca, y por tanto uno más de ellos, nacido fuera de Navarra, estaba allí.

Volví a casa a esperar la llegada de Gloria y Luis, y mientras les explicaba a mis tías que no comería con ellas porque estaba esperando la llegada de unos amigos, inventaba una historia para no tener que darles muchas explicaciones y evitar que corriese por el pueblo la noticia de que Fede había sido compañero mío. Llegaron los dos algo cansados y hambrientos, por lo que, tras presentárselos a mis tías, nos dirigimos directamente al único restaurante del pueblo con fama por su magnífica cocina.

Tras volver a casa, les hablé de mi comida con Ana y de mi idea; les pareció magnífica y el tiempo nos diría si teníamos razón.

Pregunté a Luis si había conseguido las armas de las que habíamos hablado la última vez que nos vimos; simplemente abrió la bolsa de deportes que tenía a sus pies y que acababa de sacar del coche, extrajo dos pistolas envueltas en dos bolsas de plástico y un silenciador para cada una.

Entregando la primera a Gloria, dijo:

—Yo ya tengo una, estas son para vosotros; en la bolsa hay varios cargadores. Es un arma compacta, no pesa mucho, una HK-USP-Compact, calibre nueve milímetros de fabricación alemana y, por tanto, muy fiable; lleva un seguro automático del percutor, no os preocupéis por que alguna se dispare sola.

No preguntamos nada sobre cómo las había conseguido, pero, conociendo sus relaciones, no le habría costado mucho trabajo.

Ellos habían disparado más que yo, que apenas lo había hecho un par de veces y ya hacía algunos años, pero con las armas ocurre como con el montar en bicicleta, no se olvida. Luis había sido alférez en las milicias universitarias y nos hizo una demostración del funcionamiento; Gloria le puso un cargador, quitó el seguro y la metió en su bolso; yo, con un poco de reparo, la metí en un cajón.

—Nuestro primer objetivo es un cura. Pienso que hay que empezar por quien en principio parece más fácil, no menos culpable, sino más sencillo. ¿Quién quiere empezar? —dije en tono distendido.

Se miraron y me di cuenta de que me había tocado. La idea había sido mía y nadie quería ser el primero.

—Hay que ser democrático —ironizó Luis.

Continué:

—El cura se ha negado a oficiar una misa por el alma de una víctima del terrorismo, sobre lo que se han escrito páginas y páginas en la prensa, pero todo ha quedado tapado por las altas jerarquías de la Iglesia, quienes muchas veces son más culpables que el mismo cura, que solo vela por las almas de las ovejas vascas puras y no de las maquetas españolas, y ni un reproche, al menos públicamente. Pero él es el que ha marcado su destino; él será el ejemplo y el primer blanco.

Continuamos hablando del modo y manera de hacerlo, de la necesidad de no utilizar nuestros coches, pero tampoco de robar alguno, ya que la inexperiencia era total, y optamos a partir de ese momento por utilizar coches de alquiler para dificultar en algo su reconocimiento y colocarles placas falsas si lo considerábamos necesario.

Éramos lo más novato o inexperto que se podía encontrar, una auténtica chapuza.

He pensado muchas veces que la inexperiencia nos ayudó de algún modo y la improvisación dificultó claramente nuestra localización. Si muchas veces no sabíamos lo que íbamos a hacer, más difícil era intentar averiguar el siguiente paso que íbamos a dar.

Seguimos en el coche, ya con dirección a la misa, que había comenzado cuando llegamos; el templo estaba abarrotado. Varios curas decían la misa, rogando por el alma de nuestro Fede y pidiendo «que fuese, era la incansable retahíla que escuchaba por enésima vez, la última sangre que se vertiese». Perdón para los asesinos y resignación, mucha resignación, demasiada para mi gusto.

Este iba a ser el último momento de resignación; con Fede comenzaba una nueva forma de ver la muerte por terrorismo, comenzaban las rebajas de tres por uno, y el primero había sido marcado por la prensa, esa prensa cainita de quien tanto hablaban los nacionalistas; el próximo mártir vasco estaba en el centro de la diana.

Tras dar el pésame a Ana y a la familia, sin apenas un guiño de complicidad, subimos al coche. Mientras conducía hacia el objetivo, les iba contando:

—Se llama Pachi.

El padre Pachi había estudiado en el seminario de Portugalete. Había crecido entre la lucha obrera contra el franquismo, oliendo los primeros golpes de ETA contra la policía opresora, la Guardia Civil y el ejército ocupante.

Sus superiores le habían sacado de algunos problemas con la policía y la sotana le había salvado muchas veces de los problemas más serios, no sin haber recibido más de una vez sus golpes.

Se había prometido luchar hasta la muerte por la libertad del pueblo vasco, por lo menos de la parte del pueblo vasco que pensaba como él, y desde su parroquia había luchado tanto desde el púlpito como desde el zulo de la sacristía, donde escondía, cuando era necesario, a sus correligionarios perseguidos. Corría el rumor entre los vecinos, primero lo comentaban los abertzales, pero ya sabemos cómo es un pueblo, y era del conocimiento de todos que había escondido en la misma al comando que colocó una bomba en el cuartel de la Guardia Civil en el que murieron tres de ellos y, colateralmente, dos de sus hijos de 4 y 11 años; pero, como decía el padre Pachi, «todo sea por la libertad del pueblo vasco». Ya sabía que una guerra de liberación produce víctimas inocentes, pero la culpa era de las fuerzas de ocupación, que al traer a sus familias las exponían a un peligro que ya conocían. El cura, de todas formas, los escuchó en confesión y perdonó sus pecados, de los que, evidentemente, no estaban arrepentidos. La catacumba vasca, como él la llamaba, había servido a la causa. Para el padre Pachi, tan importante era el evangelio de San Juan como los escritos de Sabino Arana.

Pero su tiempo había llegado; el padre Pachi, el que se tomaba los chiquitos en la *herrikotaberna*, charlando sobre la lucha armada, el que había brindado por la muerte de Fede, no sin decir a sus compañeros de celebración que rezasen por su alma, tenía las horas contadas.

Llegamos al pueblo y buscamos la iglesia tranquilamente; no había prisa, en principio solo habíamos pensado echar una ojeada a la parroquia y la zona.

Pero la improvisación ha sido el mal o el bien de los españoles, y cuando Gloria entró a mirar el horario de misas y echar un vistazo al interior, se arrodilló y vio como un cura con la boina en la mano despedía, en ese momento, a un par de mujeres que se dirigieron a la salida.

Un «agur» en euskera resonó en el templo.

Gloria reconoció al padre Pachi por los recortes de prensa y pensó que era el mejor momento:

—¡Se marcha en este momento y parece que está solo! —nos dijo casi a la carrera, saliendo de la iglesia.

No lo pensé dos veces. Entré, quité el seguro de la pistola que llevaba en el bolsillo de la gabardina y, mientras atravesaba la iglesia, le vi al fondo; allí, junto al altar, estaba solo, o por lo menos lo parecía.

—¿El padre Pachi? —pregunté.

—*Egun on.* ¿Qué querías, hijo?

Saqué la pistola, vi el terror en su rostro, que lo paralizó, se la puse en la cabeza y disparé.

Todo fue muy rápido; sonó un ruido seco y cayó al suelo. Le apunté de nuevo y disparé otra vez.

No me dio tiempo a pensar que estaba en una iglesia y que él era un cura; solo, cuando salía, automáticamente, como un acto reflejo, me volví hacia el altar y, arrodillándome, hice la señal de la cruz.

Era un día de un gris otoñal; llovía cuando salí de la iglesia y no había un alma en la calle.

Subí al coche y salimos del pueblo en dirección a la autopista.

Nadie habló; pasaron unos minutos antes de que Gloria preguntase:

—¿Le has matado?

Hice un movimiento de asentimiento con la cabeza y me di cuenta de que no sentía nada, ningún pesar, ningún sentimiento de culpa, con el que creí que me encontraría después.

Nos miramos y vi en ellos una expresión de relajación, el «¡ya está, se acabó!». Pero me sorprendí a mí mismo cuando les relaté los hechos con una calma absoluta, con el sentimiento de un trabajo terminado, algo que había que hacer y que ya estaba hecho. No creía ser una persona tan fría, y en realidad no lo había sido nunca. Me emocionaba un poema, una desgracia o incluso una película lacrimógena me hacía llorar; era una persona de lágrima fácil y esto me tenía sorprendido.

Habíamos comenzado de una manera imprevista, sin haber preparado nada con antelación. En principio, solo íbamos a echar un vistazo, pero en un momento me di cuenta de que, quizás, fuese mejor aprovechar la ocasión y la improvisación de la que siempre habíamos hecho gala los españoles. Todo salió a pedir de boca y no tuvimos la preocupación ni el nerviosismo de los momentos precedentes. El «aquí te pillo, aquí te mato» se había hecho realidad. Cuando llegamos a Pamplona, dejamos el coche que habíamos alquilado a nuestro paso por la ciudad antes de ir al entierro y, después de haber puesto de nuevo sus matrículas, calle abajo, recogimos nuestros coches, nos despedimos y ellos continuaron camino hacia Madrid. Yo me dirigí de nuevo a la Plaza del Castillo; tenía hambre, pedí un bocadillo de chistorra en el primer bar que encontré y me senté cerca de la televisión. No tardaron en hablar de la muerte del padre Pachi, conocido proabertzale, que era el primer miembro de la Iglesia víctima del problema vasco. Hablaron de su pasado en lucha contra el franquismo, por lo que había sido detenido varias veces. La policía había descartado el robo como móvil de su muerte y no tenía pistas de los autores.

Cogí el móvil y llamé a Ana; me dijo que estaba en Zaragoza, en casa de sus padres, con los niños:

—Estoy en Pamplona y salgo para Madrid; mañana por la mañana tengo que trabajar.

—Pues yo en unos días tengo que ir a Madrid a arreglar unos papeles de Federico, solucionar ciertos temas económicos y hablar con algunos políticos sobre el futuro de los chicos; no quiero que se olviden de sus promesas. Si no te importa, te llamo cuando vaya a ir y, si tienes tiempo, nos vemos.

—Entonces espero tu llamada con impaciencia.

—Hasta pronto.

Estaba absolutamente sorprendido; me hacía mucha ilusión volver a ver a Ana y en Madrid.

Fui paseando hasta donde se encontraba el coche; había paz en la noche; quizás la palabra paz no era la adecuada para definir una noche como esta, pero después de lo que había pasado, era, sorprendentemente, lo que sentía: paz... como si hubiera cumplido un cometido que no me dejaba vivir tranquilo, y tras hacerlo, sientes que te quitas un peso de encima y sigues viviendo.

No me gusta conducir de noche, pero si no quedaba otra alternativa, había que hacer de tripas corazón; una parada de descanso en Tudanca, carretera y... Tardé cinco horas en llegar a casa; era muy tarde. Me tomé un vaso de leche, puse el despertador a las siete y, completamente derrotado por el cansancio del viaje, me quedé dormido.

Los días transcurrían con la monotonía de siempre. Habían pasado dos semanas.

El padre Pachi había sido enterrado en *loor* de multitud, banderas vascas al viento, todas las jerarquías eclesiásticas, incluido monseñor Setién, de quien el finado había sido buen amigo, concelebrando su funeral. Su féretro fue transportado a hombros por sus feligreses. Algunos violentos hicieron sus habituales piras funerarias con coches, algún autobús y algunos cajeros automáticos; vamos, lo normal en estos casos.

El martes me llamó Ana diciéndome que estaba de camino hacia Madrid, que el miércoles tenía que ver a varias personas en la mañana, así que quedé con ella para comer. Como no conocía Madrid, le dije que tomase un taxi hasta el Museo del Prado y que me esperase en las salas dedicadas a Goya, si terminaba antes de las tres. Le pareció muy bien la idea y así quedamos. Como buena aragonesa, Goya era para ella el súmmum de la pintura, y ver *in situ* todos aquellos cuadros que solamente conocía de una manera indirecta era perfecto.

Si hay un sitio en Madrid al que me guste ir, ese es el Museo del Prado. Cuando paso algún tiempo sin visitarlo, noto que me falta algo. Mis pintores favoritos son los venecianos, pero me gusta admirar todo tipo de pintura. El Renacimiento es la época en la que me hubiera gustado vivir, período de cambios políticos y religiosos, pero en este entorno, pintores, escultores, humanistas, choques de culturas y pensamientos. Una época de la que se puede decir de todo menos dejarte indiferente. Estaba enamorado del retrato de Giovanna Tornabueni de Ghirlandaio, que, aunque en la colección del Thyssen, era mi amor renacentista y me estaba dando cuenta de que su parecido con Ana era más que una casualidad.

Allí, al fondo de la sala, mirando *El coloso* de Goya, estaba ella. La contemplé durante un momento, como si de un cuadro se tratara; emanaba una fuerza, un sentimiento que la hacía especialmente atractiva. Me acercaba a ella cuando se volvió, como si intuyese que la estaba mirando. Me sonrió y, cogiéndome las manos, me besó en la mejilla; olía a…

Era muy agradable.

Nos sentamos en un banco; me dijo que Madrid le estaba gustando mucho y que la idea del Museo del Prado había sido genial, porque como había acabado antes de lo previsto, había podido ver realmente muchas pinturas que siempre había deseado ver al natural. Me contó que sus hijos estaban bien y sus padres, como siempre, preocupados porque comía poco.

Es cierto que estaba más delgada que la última vez que la vi, pero su delgadez resaltaba sus grandes ojos y, en ese momento, me di cuenta de que me estaba enamorando como un colegial.

Salimos del museo. Llovía, era una tarde gris de otoño. Mientras caminábamos bajo el paraguas, me preguntó si habíamos tenido algo que ver con la muerte del cura. Le contesté que era el primero de los tres; ella se echó a llorar, la abracé y, tras levantar su barbilla, la besé. Me miró detenidamente y me devolvió un beso dulce y suave; me agarró del brazo y comenzamos a andar hacia un restaurante cercano. Era tarde y comimos muy frugalmente.

—¡Perdóname!, ya sé que no es el momento más adecuado, pero me ha salido del alma.

Ella, poniendo su mano sobre la mía, dijo:

—No te preocupes, me encuentro tan sola que seguramente es lo que necesito. Espero que no te suene a disculpa, pero mi relación con Fede era buena, aunque no era oro todo lo que relucía. En familia me había respetado y querido como a la madre de sus hijos, pero siempre que hablaba de Gloria, desde un principio, se le iluminaban los ojos, tenían un brillo especial. He creído siempre que había habido algo entre ellos o que era su amor imposible, y he luchado contra ese fantasma sin ningún reproche, intuyéndolo, pero sin decirle nada.

La miré a los ojos, que tenía fijos en la nada; me estaba contando el secreto que había guardado durante todo su matrimonio, y me lo estaba contando a mí. Decidí decirle la verdad, aunque no estaba seguro de cómo lo iba a encajar.

—La verdad es que Fede se enamoró locamente de Gloria desde el primer momento que la vio. Era un amor de juventud, y aunque se le notaba mucho, por lo menos para Luis y para mí estaba claro e intentamos que le dijese algo a Gloria… Pero tú conocías a Fede mejor que nadie y te habrás dado cuenta de que le costaba mucho intimar con una mujer. Tú misma me dijiste que tuviste que tomar la iniciativa. Una noche, los tres de copas, nos lo confesó y, después de mucho sufrimiento, nunca Gloria supo nada. Fede nunca le dijo nada porque tenía novio, y este era un conocido, que ahora es su marido.

—Bueno, eso ya no tiene importancia —dijo ella, dando por finiquitado el tema.

—Por cierto, ¿dónde vas a pasar la noche? ¿Has reservado hotel? —pregunté.

Me hablaba sin levantar la cabeza, intentando no cruzar su mirada con la mía.

—Sí, los jefes políticos de Fede me han reservado una habitación en el Hotel Miguel Ángel, muy cerca de aquí, así que ahora, cuando terminemos de comer, tendría que pasarme un momento a cambiarme de zapatos, estos me están moliendo los pies.

Terminamos de comer rápidamente y nos dirigimos al hotel. La elección no había sido mala; era un gran hotel y la habitación, amplia y cómoda.

Ya en la habitación, me dijo que me pusiera cómodo mientras llamaba a sus padres y hablaba con los niños. Me senté sobre la cama y, cuando terminó de hablar por teléfono en el baño, se acercó a mí sonriendo y me besó, sin decirme una sola palabra, y poniendo su dedo en mis labios para que no hablara, se echó sobre mí e hicimos el amor, como me hubiera gustado haberlo hecho siempre. Era dulce, hermosa, su pelo largo y rojo...

La estuve mirando como dormía durante horas, intentando alargar ese momento eternamente.

Al despertar, me besó e inmediatamente preguntó:

—Y el siguiente, ¿quién?

VI

El maestro

Juan Mari Zabaleta Herro había estudiado en los jesuitas. Acabó magisterio y sacó las oposiciones, primero en Madrid, donde estuvo dando clase en un colegio público de Vicálvaro. Madrid era el sitio donde había más plazas, y después era más fácil conseguir el traslado o la permuta con alguien. Dos años más tarde, estaba dando clase en Rentería; él era de Donostia, las cosas habían salido perfectas. Además, durante su estancia en Madrid, había conseguido aprender euskera en una academia, lo que hacía de él el maestro perfecto para los futuros *gudaris*.

Sus ideas nacionalistas le habían llevado a involucrarse en la lucha obrera y abertzale del pueblo.

Integrado en el sindicato LAB, había conseguido una carrera sindical, dirigiendo la rama de la enseñanza. Se había radicalizado con el paso del tiempo, aunque siempre sosteniendo que lo importante es la educación, que el pueblo vasco tenía que ser educado desde abajo, desde las *ikastolas*; donde había un niño, tenía que haber, en pocos años, un luchador por la libertad de su pueblo, pero convencido de ello, igual que él, y a ello había dedicado su vida.

Había escrito varios libros en euskera sobre la necesidad de la independencia del pueblo vasco. No se habían vendido apenas, pero había contado con una cuantiosa subvención de la consejería de educación del Gobierno vasco por la promoción de la cultura vasca y varios premios culturales.

Ana le había conocido en la Casa de Cultura de Lecumberri, donde había venido a dar una conferencia sobre el nacionalismo vasco. Y allí conoció al más cínico, insensible, procaz anti espa-ñolista y peligroso elemento con el que se había cruzado en la vida. Tenía labia, era inteligente, sabía dar la vuelta a las pregun-tas, inclinarlas hacia donde más le interesaba y llamar imbécil e ignorante al que se cruzaba inoportunamente en su camino. Las opiniones que transmitió durante su conferencia eran de juzgado de guardia y, cuando Ana no pudo aguantar más sus mamarrachadas y palabrería, le imprecó. El concejal de HB le dijo algo al oído y él, con una mirada de odio, comenzó a hacer un panegírico sobre la virtud de la mujer que defiende las ideas de su marido, aun a sabiendas de que está equivocado y no cree en ellas, para a continuación llamarla extranjera y mujer de un traidor a su patria.

Era el candidato ideal.

Hacía tres días que Ana había vuelto a Zaragoza; no nos habíamos vuelto a ver desde aquella noche, las condolencias del Partido de Fede y del Gobierno para con la viuda lo habían hecho imposible.

Llamé a Gloria diciéndole que teníamos que vernos el viernes al mediodía en el Café de Oriente; ella se encargó de avisar a Luis.

Ese viernes, Luis estaba muy animado por el éxito de la ac-ción. Después de comer el menú del día, puse sobre la mesa un sobre; Gloria sacó su contenido: unas fotos de prensa y algunos artículos periodísticos.

—Así que… ¿este es el próximo? —dijo Gloria.

Les conté lo que sabía de él.

—¡Qué hijo de puta! —exclamó Luis—. Este es el mío.

Tras tomar café y comentar la reacción que había provocado la muerte del cura, quedé en llamarles el fin de semana siguiente, si teníamos los datos precisos para viajar próximamente al norte y poder poner las excusas familiares pertinentes.

Después de despedirnos, llamé a Ana; estaba en Zaragoza. Le pregunté si nos podíamos ver este fin de semana; me dijo que sí y que me iba a llamar en ese momento para decirme que había reservado habitación en la Fonda de Roncesvalles —¡qué bien me conocía ya!— mañana, sábado, al mediodía para comer.

Pasé por casa para recoger un poco de ropa e inicié el camino inmediatamente; me gusta conducir con luz natural. Paré a tomar un tentempié en el Área Tudanca. Es un lugar a medio camino en el que me agrada parar a última hora porque es tranquilo, pero no solitario. Llené el depósito y reanudé el viaje.

Era tarde cuando llegué a casa; dormí un rato en el sofá, no me apetecía meterme en la cama, pero me quedé profundamente dormido. Al despertar, rompía el alba; me di una ducha y, tras cambiarme de ropa, salí de nuevo en dirección a Roncesvalles. Después de pasar por Pamplona, se inicia la subida hacia el Pirineo Navarro, un Pirineo suave con montañas onduladas y carreteras con poco tráfico. Primero Erro y después el precioso pueblo de Burguete marcan la ruta que nos lleva hasta Roncesvalles, donde el macizo se hace más severo y descubrimos el comienzo del camino de peregrinación a Santiago desde suelo español y su antiquísimo centro asistencial de peregrinos que data del año 1132. Era tan pronto que pude recrearme en este camino al que siempre me gustaba dedicarle todo el tiempo que podía.

A las doce ya me encontraba allí y me dirigí directamente a la Fonda. En la recepción pregunté por la reserva y me dijeron que la señora ya había llegado. Subí a la habitación, llamé y allí estaba ella; la abracé y me besó. Nos amamos sin cruzar una sola palabra, con pasión.

Me despertó el humo de su tabaco, desnuda a mi lado; no podía dar crédito a la suerte que tenía. Su pelo rojo me volvía loco; es cierto que me gustaban especialmente las mujeres pelirrojas, pero Ana tenía algo especial. La firmeza de su mirada me daba fuerzas, seguridad, algo que siempre me había faltado, aunque no lo dejase traslucir, y que ahora lo había encontrado en ella.

Después de darnos una ducha, bajamos a comer algo; era tarde, y nos sentamos en un rincón para poder hablar con tranquilidad. Los *perrichicos* que compartimos estaban deliciosos, al igual que las carnes de la zona, regadas con un buen clarete de Navarra.

Estaba feliz, enamorado como un quinceañero; me gustaba coger su mano. Entre bocado y bocado hablamos de Zabaleta; este no iba a ser tan fácil como el cura. Ana se comprometió a apartarle; la palabra me sonó a matadero, pero esa era la realidad; quedamos en que ella le seguiría durante la semana y, si las cosas iban bien, el viernes sería la fecha de la ejecución.

Pasamos un maravilloso fin de semana, paseando por el hayedo y amándonos, sobre todo amándonos.

Iniciamos el camino de Santiago juntos, el camino francés hasta Burguete. Un maravilloso paseo entre las hayas y vuelta a Roncesvalles. Las cruces del camino y los prados donde pastaban las vacas me traían a la cabeza la novela pastoril, de la mano del amor, entre muerte y muerte, pero sin pensar en ello; momentos de felicidad que, al menos a mí, me permitían aislarme en compañía de otros momentos de nerviosismo y preocupación por la venganza.

Ana volvió encantada por el robledal de las brujas, *sorginaritza,* donde la magia del entorno te lleva, no montado en una escoba, sino en la memoria de Zugarramurdi y sus aquelarres de brujas, al siglo XVI.

Pero era Ana la bruja pelirroja que me tenía atrapado; cada paso, cada movimiento me ataba más a ella.

Esperaba que esta historia, la nuestra, no acabase en un auto de fe como entonces.

El haya era mi árbol favorito, diferente en cada época del año, pasando sus hojas del verde al rojo, y su bosque es espectacular. Ana era como el haya, el árbol del que se aprovecha todo; no hay nada inútil, belleza y utilidad unidas. Del haya se saca buena leña, buen carbón; sus frutos, los hayucos, sirven de alimento al ganado y de los que se puede sacar incluso aceite, además de usos medicinales, como bien sabían los vascones. En Ana, su inteligencia, comprensión y belleza la hacían irresistible; sabía hablar y escuchar, pero el golpe de Fede la había hecho dura e inmisericorde, era mi haya herida...

El lunes, Ana acudió a la entrada del colegio de Rentería, que figuraba en el currículo del conferenciante de la Casa de Cultura de Lecumberri.

Desde el coche, le vio venir calle abajo, con una cartera de cuero en la mano y el paraguas en la otra. Fue una larga mañana de espera hasta que salió a comer. Le siguió hasta su casa y esperó de nuevo su salida. Salió acompañado por una mujer joven, de unos 25 años, pelo oscuro rizado, con un anillo en la nariz y la vestimenta típica de la juventud de la zona. A medio camino del colegio se separaron; él siguió hacia el colegio, entró y volvió a salir a las 18 horas, dirigiendo sus pasos seguidamente a una *herrikotaberna* cercana, donde permaneció hasta las 22 horas y después a su casa.

Repitió sus pasos el martes y el miércoles. El jueves, al salir de la comida, Ana decidió seguir a la joven acompañante hasta que entró en una guardería donde debía trabajar. Después continuó con la vigilancia de Juan.

Era muy tarde cuando recibí su llamada desde la cabina que hay debajo de su casa; seguía la norma que le había dado, era muy cuidadosa. Me dijo que estaba agotada y que se iba a meter inmediatamente dentro de una bañera llena de agua caliente y espuma. Me dio mucha envidia no poder estar allí con ella. Me contó los pasos seguidos durante la semana y la suerte que teníamos de que el elemento fuese tan metódico. Visto lo visto, quedé con ella el viernes a las 20:30 en un lugar a la entrada de Rentería donde la recogeríamos.

Nos despedimos hasta el día siguiente e inmediatamente llamé a Luis, con el que quedé en la estación de Chamartín a las 15 horas; me dijo que él se encargaría de llamar a Gloria y del alquiler del coche.

Recibí la llamada de Luis poco después; Gloria no había podido venir, la niña se había puesto mala, paperas, y tenía que estar con ella. La familia para nosotros era lo primero; si las cosas había que posponerlas, se posponían, pero lo primero era lo primero.

Llamé a Ana para decirle que posponíamos la cita por el problema de Gloria.

Ana insistió, diciendo que ella sustituiría a Gloria en lo que hiciera falta, pero que no lo pospusiéramos, ya que era el momento y el día idóneo. Tras comentarlo con Luis, este estuvo completamente de acuerdo con Ana. Yo no lo tenía tan claro, pero en realidad lo que no quería era mezclar a Ana en el asunto más de lo que ya estaba. Pero, finalmente, no me quedó más remedio que claudicar; de nuevo le di la noticia a Luis y nos pusimos en camino.

Era una tarde lluviosa y andábamos un poco apurados de tiempo; efectivamente, llegamos media hora tarde.

Ana nos aguardaba impaciente, a la entrada de Rentería, con su gabardina y la cabeza cubierta por un pañuelo. Subió al coche y me besó; Luis puso cara de no haber visto nada, comentamos desenfadadamente el viaje y nos dispusimos a esperar cerca de la *herrikotaberna*.

A las 22 horas comenzamos a impacientarnos, pensando que podría haber salido por otra puerta, pero Ana nos tranquilizó:

—No hay otra salida, es una ratonera.

Nos quedamos muy sorprendidos; ¿cómo podía saberlo?, a menos que hubiera entrado.

Todavía tuvimos que esperar una hora para verle salir, acompañado por otra persona de la que se separó unos metros más adelante. Zabaleta tomó el camino de su casa como todos los días. Yo me encontraba al volante; Ana me indicó que me adelantase unos metros. Paré el coche, ella y Luis se bajaron; se agarró a su brazo izquierdo y comenzaron a bajar la calle por la que el blanco subía. Cuando se cruzaron, Luis se giró; en la mano ya tenía el arma, le disparó dos veces seguidas en la cabeza. El «chop-chop» del arma con el silenciador fue el único ruido de la calle, junto con los pasos de los tres. Zabaleta cayó pesadamente en la acera, muy despacio, como a cámara lenta, desmadejadamente, soltando la cartera que se abrió al golpearse con la acera, esparciendo los papeles que contenía en su interior.

Ana cogió la pistola de manos de Luis y le disparó de nuevo en la boca.

La calle estaba vacía, era tarde, la luz de una farola cercana dejaba un brillo húmedo en la escena.

Subieron al coche; Ana tenía la respiración entrecortada. Sin prisa, nos dirigimos a la salida del pueblo en dirección a San Sebastián para coger la autopista de Leizarán, camino de Pamplona. Puse la radio; en ella se escuchaba en eusquera una canción de Negu Gorriak que decía: *Gizazuriak gure lurraldeak invaditu ditu ez dago pakerik. Guerra-aizkora, betirako desehortzi dugu, eta zutik, iraunen du herioak gu, akatu arte*[1].

Era su epitafio. La muerte acabó con él.

Una hora después, estábamos de nuevo en el Iruña, tras una taza de café humeante.

La noche era desapacible, pero todo parecía haber salido a pedir de boca. Luis quería volver inmediatamente para pasar el sábado y el domingo con su familia; les había dicho que volvería tarde, que tenía mucho trabajo. Yo le dije que me quedaba, que volvería el domingo en tren. Nos despedimos y se marchó en el coche de alquiler, deseándonos, con una sonrisa, un buen fin de semana. Parecía estar bien; no le vi especialmente afectado.

Ana estaba seria.

---

[1] El hombre blanco ha invadido nuestras tierras. No hay paz, hemos desenterrado para siempre el hacha de guerra, y va a seguir de pie hasta que la muerte acabe con nosotros.

Habían sido unas horas muy tensas, pero cuando nos quedamos a solas, se relajó, me sonrió y me dijo que se encontraba bien, pero que no quería cenar nada.

El coche lo había dejado aquí en Pamplona antes de coger el autobús, así que le propuse ir a recogerlo y buscar un hotel para pasar la noche.

—No hace falta —me contestó—, he dejado el coche junto a la casa que tenemos aquí.

Por el camino no comentamos nada de los hechos del día, sino de lo bonita que estaba la ciudad a esas horas, solitaria, sin un alma en las calles y, abrazados, despacio, nos dirigimos hacia los jardines de la Taconera. Pamplona es una bellísima ciudad; los jardines discurren junto a la antigua muralla con su amplísimo foso, donde viven los animales que en otra ciudad estarían reunidos en el zoo.

Hasta nosotros llegaba el aire puro del Pirineo cercano, que refrescaba la noche y que nos hacía ir más juntos, su cabeza apoyada en mi hombro y saboreando en silencio el maravilloso ambiente nocturno de los preciosos jardines.

Sin prisa, nos adentramos en la ciudad, donde el tráfico era escaso, escuchando de vez en cuando el sonido de los camiones de la limpieza en su interminable trajín nocturno.

En pocos minutos estábamos a las puertas de la casa de Ana. ¡Qué corto se hace el camino cuando todo tu entorno es agradable!

—No sabía que tuvieseis un piso en Pamplona —dije mientras accedíamos al portal.

Era un piso grande, muy espacioso, amueblado con muebles antiguos, muy señorial.

—Ponte cómodo —me dijo mientras ponía dos copas de pacharán y se sentaba en un gran sofá.

Me senté a su lado y continuó contándome:

—El piso había pertenecido a los padres de Fede, concretamente a su madre, que lo había recibido en herencia familiar. Los Oña eran una familia de antigua raigambre en Pamplona y esa había sido siempre la casa familiar. Después de morir su madre, apenas habíamos vuelto. De vez en cuando me paso por aquí, para ver cómo el portero y su mujer mantienen la casa en perfecto orden y limpieza; no hay más que echar una mirada para ver cómo lo tienen todo. Pero…¡Te estás durmiendo! Acábate la copa y a dormir que el día ha sido muy largo.

Me llevó al dormitorio. La cama era enorme, parecía muy antigua, con un gran dosel. Me dejó sobre la cama un pijama.

—Si no te importa, prefiero dormir sin pijama; es mi costumbre.

Se encogió de hombros mientras se ponía un sugerente camisón negro; estaba preciosa. Una vez en la cama, la abracé, me besó y nos quedamos dormidos; el día había sido agotador.

Por la mañana, a las diez, sonó el timbre de la puerta y nos sobresaltamos. Ana comentó que sería el portero. Se puso una bata y fue a abrir.

Escuché desde la puerta de la habitación que efectivamente era el portero, quien nos había visto entrar, aunque era tarde. Cuidaba y cumplía perfectamente con su trabajo. Le había dado el pésame por la muerte de Fede y venía a ofrecerse para lo que necesitase.

Ana le dio las gracias y le dijo que estaba con un familiar al que quería enseñar Pamplona, y que no se preocupase, que estaríamos hasta el domingo.

Cuando volvió a la cama, traía una bandeja con dos vasos de zumo, café y una fuente de rosquillas que acababa de subir el portero, de parte de su mujer, que las había hecho el día anterior. Dejó la bandeja sobre una mesita junto a la cama y me besó; la abracé y la metí conmigo en la cama. Era nuestro primer fin de semana juntos en Pamplona y a ella no le iba a costar mucho hacerlo inolvidable.

El entorno abertzale estaba revuelto.

La muerte del terrorista había comenzado a preocupar a la cúpula nacionalista.

¿Era una coincidencia la muerte del padre Pachi y ahora la de Juan Mari en tan poco tiempo?

La policía autónoma había aclarado que, aunque la munición era del mismo calibre, no había sido disparada por la misma arma.

¿Había surgido un grupo antiabertzale? ¿Debían preocuparse y empezar a tomar medidas de protección como habían tenido que hacer los españolistas hasta ahora?

Me di cuenta de que habíamos acertado de pleno cuando leí la prensa nacionalista; les habíamos metido el miedo en el cuerpo.

Tenían un motivo para chillar, pero como eso ya lo hacían sin ningún motivo, no sacaban nada; solo les quedaba el miedo.

Aunque pueda parecer una barbaridad, por primera vez los concejales del ayuntamiento se habían unido en la condena de un crimen, porque ahora sí, los nacionalistas y los españolistas estaban juntos, por fin. Estos últimos habían mencionado su esperanza de que, cuando el muerto fuese del otro bando, estarían igualmente unidos en la condena.

¡Ilusos! ¿No sabrán que no se puede pedir peras al olmo?

Solo cuando todos nos demos cuenta de que los bandos son «el de los vivos y el de los muertos» acabaremos con el problema.

Había que dejar paso a la intranquilidad; ni reivindicaciones ni avisos, solo silencio, silencio y dejar pasar el tiempo hasta que dijéramos lo de… y tres.

Gloria y Luis estaban sentados en el fondo, sonrientes. Todo iba a las mil maravillas, tranquilos y satisfechos por el efecto conseguido.

Luis me preguntó si había visto bien cuando Ana subió al coche. Les conté la historia y se alegraron por nosotros. Aunque a partir de ahora tendría que aguantar la sonrisa sarcástica de Luis en cada momento.

Gloria habló del comentario de la gente en las calles del resto de España; mientras no fuera en círculos políticos, este era de claro alivio. ¡Ya era hora de que alguien dijera basta! Sin manos blancas, sin manifestaciones, sin ruido, solo basta, se acabó. Ya no morían solo de un lado; no solo unos llevaban guardaespaldas, no solo unos vivían con miedo, no solo unos dejaban huérfanos, familias rotas, silencio.

Es lo que tienen las balas, que son muy duras, muy democráticas; no discriminan por la ideología, la edad, la religión o el sexo; para ellas todos somos iguales.

Pero el tema que nos reunía era cuál iba a ser nuestro próximo paso. Consideramos que deberíamos darnos un descanso, actuar sin prisas; teníamos todo el tiempo del mundo y ninguna prisa.

No sabíamos que la suerte nos estaba buscando; ella era la que tenía prisa, no nosotros. Las cosas iban con más rapidez de lo que pensábamos; así es la vida, o la muerte, mejor dicho, la muerte.

VII

El político

Aránzazu Zubeldia, Arancha para los amigos, luchadora incansable desde la universidad por las libertades del pueblo vasco y su independencia, era hija de una familia de antiguos carlistas —nacionalistas que habían perdido ya cuatro guerras civiles, tres guerras carlistas y, por último, la guerra civil del 36.

Había pasado parte de su niñez en el exilio con sus padres; es más, ella misma había nacido en Venezuela, donde se habían instalado en su huida de Franco.

Volvieron inmediatamente, ya que la protección de la Iglesia, el hermano pequeño de su padre, el padre Ignacio, era jesuita, había surtido su efecto ante el régimen.

De educación esmerada en universidades privadas católicas, se había convertido en una luchadora incansable contra el franquismo. Tras la caída de este, había conseguido desde las primeras elecciones su acta de diputada por el partido nacionalista; ahora estaba en el lado más abertzale del partido.

Como una de las líderes más carismáticas e históricas, había estado relacionada con la creación de ETA y, después de la escisión de esta, continuó apoyando el lado más duro; amiga íntima de terroristas históricos, se veía con ellos clandestinamente en el extranjero, marcando los puntos que la lucha debía seguir.

Ahora, a sus 55 años, aún estaba muy ágil. Era alta, con buen tipo y una cara agradable donde destacaba una nariz fuerte, por decirlo de algún modo. Casada con un industrial importante, no tenían hijos; nunca hubo tiempo para tenerlos. Ella siempre decía que primero había que crear «el Estado vasco» para que se pudiese nacer y vivir allí; la lucha era su vida.

Por su parte, el padre Ignacio, el hermano jesuita de su padre, se mantenía muy bien a sus 85 años; era el punto de unión con Fede. Había aguantado el paso del tiempo y las dificultades del siglo en la España que le había tocado vivir. Era el cura que siempre había en toda familia vasca que se precie. El menor de un clan del patriciado vasco y con aspiraciones a lograr un puesto importante, acorde con la familia, pero no habían contado con que este jesuita sí creía en Dios y en su palabra.

Se encontraba en Roma cuando estalló la guerra civil, preparándose para su ordenación en la Compañía de Jesús. Su familia, muy implicada con el nacionalismo y cercana a la familia Aguirre, tuvo que salir de España informada por él de los cauces que tomaba la guerra, e igualmente se encargó de ponerlos a buen recaudo en Sudamérica.

Por lo que respecta a la fortuna familiar y posesiones en las provincias vascas, quedaron bajo el poder de la Compañía, esperando la llegada de tiempos mejores, cuando el PNV, a pesar de su cercanía a Mussolini, no acertó con el bando ganador.

Tras la vuelta de la familia a España, a pesar del silencio político familiar, el padre Ignacio, que nunca llegó a entender la lucha por las libertades del pueblo vasco, había tenido que sacar a su sobrina Arancha de multitud de problemas, en su época de estudiante, relacionados con el tema nacionalista. Pero ella era su debilidad, una debilidad que era recíproca.

Toda la suerte que había tenido Arancha a lo largo de su vida se vino abajo el día que ETA acabó con Fede.

Fede y Ana habían conocido al padre Ignacio durante unas conferencias en la Universidad, donde Fede había decidido acudir dado su marcado catolicismo y las relaciones que desde sus estudios universitarios en Madrid y en el Colegio Mayor Loyola tenía. Conectaron rápidamente y habían mantenido una relación bastante cercana a partir de esa fecha.

Mientras buscábamos la siguiente justicia, el padre Ignacio nos la puso en bandeja. Llamó por teléfono a Ana para darle el pésame y pedir perdón por no haber podido estar a su lado en estos momentos tan difíciles, pero se encontraba en Roma y, cuando se enteró, ya era demasiado tarde; así que quedó con ella para poder hablar tranquilamente.

El padre Ignacio hacía tiempo que les había contado a ambos, estando un día en casa, su historia familiar y siempre citaba a su pobre sobrina Arancha. Fue fácil hacer caer a Ana en la cuenta de que Aránzazu Zubeldia debía ser la tercera.

No hacía falta sonsacarle nada, era como un libro abierto, y lo difícil era pararle; iba contándolo todo, como si fuera una necesidad, y, para colmo, la invitación era como ponernos día y hora.

El padre Ignacio celebraba próximamente su 85 cumpleaños y pensaba hacerlo con una reunión familiar. Una misa seguida de una comilona típica del norte, la familia y algunos amigos íntimos, entre los que se encontraba y «sin posibilidad de excusa», Ana.

Nos pusimos a ello inmediatamente.

Ana comenzó el seguimiento de Arancha: ¿cuál era su coche, si tenía escolta, costumbres, idas y venidas al Parlamento Vasco, sus reuniones con la cúpula nacionalista?

Yo, mientras tanto, recogía la información que había sobre ella: prensa, entrevistas pasadas y recientes.

Era la persona ideal, importante entre el nacionalismo, vinculada con lo abertzale e histórica de los últimos años de lucha, conocida por su odio a todo lo español y con un sentimiento de estar por encima del bien y del mal que la hacía prescindir de todo cuidado, escolta y miedo.

Quince días después, Ana recibió la invitación del padre Ignacio, dando fecha, día y hora del acontecimiento; jamás podríamos haber pensado que habría incluso invitaciones para el tercero.

Todo comenzaba con una misa en la tarde del viernes y, a continuación, una cena en el mismo lugar, bueno, en el restaurante que había junto al santuario del mismo nombre. El viernes evitaba las aglomeraciones del fin de semana; según el padre Ignacio, todos podrían estar allí después de sus trabajos y no tendrían que madrugar al día siguiente en el caso de que la celebración se alargase más de la cuenta. El País Vasco es tan pequeño y bien comunicado que después tardarían poco en volver a sus casas.

Ana confirmó que acudiría gustosa a la celebración.

El Monasterio de Estíbaliz es un lugar de peregrinación del nacionalismo vasco. Se encuentra en la provincia de Álava, un poco apartado, con una sola entrada y salida, a la carretera que une Vitoria con la navarra Estella. Está situado en un precioso lugar, una antigua abadía benedictina, a la que han adosado prácticamente edificaciones modernas que no consiguen acabar con la belleza del entorno, verde y frondoso.

La mañana era clara, esos días de un azul intenso, con grandes nubes algodonosas en el horizonte que van surcando lentamente el cielo. Esa luz especialmente luminosa predecía un día magnífico. Para el padre Ignacio era el mejor regalo que le podían hacer.

Él se había acercado desde Pamplona por la mañana y esperó tranquilamente a que comenzasen a llegar sus invitados, que empezaron a hacerlo sobre las 17 horas. Los sobrinos, los hijos de estos, algún compañero de los pocos que quedaban de su promoción y amigos.

Llegué con Ana a las 18 horas; me bajé en la desviación a esperar la llegada de Luis y Gloria, que no tardaron en hacerlo. Revisamos la zona que ya había estudiado el fin de semana anterior: el camino de subida y bajada, la entrada entre los árboles en la zona más boscosa, el sitio ideal para una emboscada, y nos armamos de paciencia a esperar la llamada de Ana que nos informaría de la salida de Arancha de regreso o de cualquier novedad que se produjera.

Ana se alarmó al ver que Arancha no había llegado todavía. El padre Ignacio la recibió con los brazos abiertos y la presentó a su familia como una antigua amiga; no era el momento de contar historias tristes.

Estaba impaciente por la tardanza de su sobrina favorita y, cuando ya casi se había resignado a que no llegase, vio aparecer su coche verde accediendo al aparcamiento del monasterio. Ana nos llamó para confirmar su llegada y decirnos cuál era el coche que había traído de los tres que tenía el matrimonio, de una manera encriptada, como habíamos quedado, y así dificultar en lo posible los problemas que pudieran surgir.

Arancha venía sola; su marido no había podido acompañarla por razones de trabajo; esto le había salvado la vida.

La ceremonia religiosa resultó vistosa y, después de hacer tiempo, fotos de grupo de familia y de todo tipo, pasaron a cenar.

Ana se sentó frente a Arancha, pero no cruzaron una sola palabra; eso sí, percibió su mirada de odio y su sonrisa de desprecio en distintos momentos. Se había enterado de quién era por su tío, que no tenía secretos para su sobrina. La muerte de Fede no había provocado una discusión entre tío y sobrina porque habían obviado entrar en el fondo del tema y porque Arancha ya no quería discutir con su tío por ninguna razón a causa de su avanzada edad. Ella y el padre Ignacio eran los únicos de todos los presentes que conocían su historia.

Para ella, Ana era un maqueto que había venido de Maquetania (España), como describía Sabino Arana, a destruir Euskadi y la viuda de un traidor; además, con lo que no merecía más que la escupieran a la cara, y lo hubiera hecho de no ser un día tan importante para el padre Ignacio; era su día y por nada del mundo quería darle un disgusto. Así que decidió ignorarla y olvidarla dentro de lo posible.

Finalizada la pantagruélica comida, con abundantes productos y caldos de la Tierra (Rioja Alavesa), y como es tradición, el padre Ignacio recibió diversos regalos para recordar ese gran día, después de un pequeño discurso.

Se levantó, hizo sonar la copa con la cuchara del postre y, dirigiéndose a los presentes, dijo:

—Cuando uno tiene la suerte de vivir los años que yo he vivido, tener una familia tan maravillosa como la que tengo y unos amigos que siempre han estado a mi lado, tanto en los momentos malos como en los buenos, solamente queda dar las gracias al buen Dios por haberme permitido llegar y disfrutar de este momento. Teneros aquí es una suerte y doy gracias a San Ignacio por la vida que he tenido en su Compañía y que tanto ha ayudado a mantener unida esta familia. Esta familia vasca que ha estado unida por encima de todo, de nuestras distintas ideas y pensamientos, siempre dentro de la Iglesia católica, aunque cada uno haya mostrado su fe de manera distinta, de una manera más universalista o localista. Por ello, os doy las gracias. Gracias a todos por estar aquí.

Arancha se levantó mientras aplaudía. Había guardado su regalo para el final, para que todos lo vieran y apreciaran lo mucho que quería a su tío.

Con lágrimas en los ojos, se acercó y colocó en su cuello una gruesa cadena de oro de la que colgaba un Cristo crucificado, sobre un fondo con los colores de la bandera nacionalista, y, besándole, le dijo:

—Gracias por todo. Te quiero —le dijo al oído.

El padre Ignacio, emocionado, solo supo abrazar a su sobrina y llorar. Dio las gracias como pudo, tras brindar de nuevo, y poco a poco fueron desfilando uno tras otro los invitados.

Eran las 23:30 cuando Arancha se levantó; solo quedaba ella y algún cura que, junto a su tío, permanecería en la abadía hasta el día siguiente.

Ana se había despedido media hora antes y estaba esperándola en el coche, en el punto más alejado del aparcamiento, con las luces apagadas; cuando la vio salir, nos llamó avisándonos de su partida, indicándonos que ella iría detrás.

Tras recibir la llamada, eran dos minutos los que se tardaba en llegar desde la abadía hasta donde nos encontrábamos. Yo me alejé por si subía algún coche y Luis ya tenía el suyo situado en el arcén, con las luces apagadas; cuando vio aparecer el coche, estando este a unos cien metros, dio las luces, se incorporó a la carretera bruscamente, cruzando el vehículo en la vía. Arancha dio un volantazo y se paró en el arcén para evitar la colisión.

Gloria salió de entre los árboles, se acercó al coche y, ante el asombro de Arancha, que esperaba a alguien preocupado por lo que le había pasado, colocó la pistola en su mano enguantada ante el cristal y disparó dos veces; Arancha recibió un impacto en la cabeza y otro en el pecho. Gloria abrió la puerta del vehículo y le disparó de nuevo.

Ana paró en ese momento a su lado; Gloria subió con ella y partimos en dirección a Navarra. Eran unos pocos kilómetros en los que, si alguien hubiese llamado a la *hertziana*, esta ya no podría localizarnos si no se ponía en contacto con la Guardia Civil, lo que era poco probable.

Ya en Navarra, paramos en los Arcos. Antes del cruce de caminos, cambiamos de coche. Luis me advirtió que me deshiciese del arma en el primer embalse o río que cruzara; ellos harían lo mismo rápidamente. Sin una palabra de más, con el sentimiento de una deuda cumplida, nos despedimos con un «¡hasta pronto!».

Gloria y Luis continuaron camino hacia Logroño, mientras Ana y yo nos dirigimos a Pamplona.

Mientras tanto, el padre Ignacio y los otros curas recordaban fatigas y alegrías del seminario, tomando una copa de Bénédictine en honor a los monjes de la abadía.

Hasta el amanecer, cuando la furgoneta del pan subía a hacer el reparto diario al monasterio, nadie se dio cuenta de que un coche verde se había salido de la carretera; a la vuelta, paró a ver qué le había ocurrido…

El impacto fue tremendo. La muerte de Arancha había hecho saltar todas las alarmas.

Los nacionalistas y abertzales habían comenzado a tomar precauciones. Ellos, que siempre habían podido moverse sin ningún temor, ahora tenían que mirar al salir de casa, revisar los coches, llevar guardaespaldas. Les estaban cazando como patos; había miedo. El miedo se podía palpar entre los radicales; se llenaban la boca culpando a las fuerzas de seguridad, pero tras las voces quedaba la mirada hacia atrás, el no ir solos y el miedo, el miedo, mucho miedo.

No era segura la ciudad, ni el campo, ni la sacristía, ni siquiera la taberna. Todo el mundo hablaba de la guerra sucia, del nuevo GAL. El Ministerio del Interior estaba absolutamente perdido; preocupaba lo que políticamente esto pudiera significar, pero era el comienzo de una nueva manera de ver las cosas. Ya no eran solamente el blanco los de un lado; ahora todo el mundo tenía la posibilidad de no condenar, de señalar con el dedo; ahora el miedo era de todos.

La policía tenía las manos atadas; no podía investigar a fondo en el entorno de los muertos porque su familia y amigos no les dejaban acercarse y, mucho menos, hablar con ellos.

Nadie se había atribuido las muertes; no había ningún camino para comenzar a desliar la trama.

El PNV gritaba tanto en Madrid como en el País Vasco. Su líder bramaba al decir:

—¡Ahora es cuando el Gobierno de Madrid muestra su lado oscuro! ¡Quiere acabar con el pueblo vasco! ¡La palabra es genocidio!

Luis siempre decía que era la persona que eliminar, y la verdad es que su prepotencia era tan grande que, hasta entonces, solo tomaba pequeñas precauciones. Recordaba haber estado a dos metros de él, sin policías, sin escoltas, solo. En realidad, sabía muy bien que, salvo ETA, nadie iba a atentar contra él y a estos últimos los tenían bien cogidos; sabían quiénes eran, cuáles eran sus objetivos, ya que, al fin y al cabo, el resultado pretendido era el mismo: por caminos diferentes, pero complementarios.

Pero esto se había acabado; era una guerra abierta en la que nadie estaba seguro. Si pagabas el impuesto o eras nacionalista, ETA te dejaba en paz a ti y a tu familia, pero ahora:

—¿Te matarían los otros?

—¿Quién estaba ahora seguro?

—¿Quién sería el siguiente?

El entierro fue multitudinario. Ana habló por teléfono con un padre Ignacio deshecho por los acontecimientos, comparando las muertes de Arancha y Fede, metiéndolos en el mismo saco de una guerra infructuosa y dura.

Los niños fueron la excusa perfecta para evitar un encuentro, no deseado por Ana y peligroso para sus nervios. Una Ana que parecía agotada por los últimos acontecimientos y que deseaba poner fin a una venganza que no había logrado llevarla a la paz definitiva.

Ni la paz ni el olvido; todo estaba todavía ahí. Quizás el tiempo…

Me preocupaba la investigación que vendría a continuación. Les comenté a los tres que el único vínculo que veía entre los tres casos era Ana.

Y así lo vio el comisario de policía que se había hecho cargo definitivamente de la investigación, cuando Ana y Arancha, en este caso, habían pasado a formar parte de los invitados a la «última cena» de la muerta.

El Gobierno Vasco exigía más impulso en la investigación, por no llamarlo interés; hasta el momento se había pasado un poco de puntillas sobre el caso, si es que lo había, como decían algunos, cargando las tintas contra la misma ETA, hablando de viejas historias que ajustar, sobre chivatos, deslenguados y arrepentidos.

En el primero no había ninguna relación, pero en los otros dos casos, Juan Mari y Arancha eran conocidos suyos. En el caso de Arancha era clara la asistencia a su cena en la celebración del padre Ignacio y, sin duda, sería interrogada como el resto de los asistentes a la misma, aunque suponía que su posición de víctima del terrorismo jugaría a nuestro favor. El ministro del Interior, al que había conocido en el entierro de Fede, la llamó personalmente para pedirle perdón por tener que responder a algunas preguntas de la policía referentes al caso; mera rutina para evitar que se les acusase de trato discriminatorio por algunos elementos nacionalistas Ana no puso ningún impedimento, pero le rogó evitar a la policía autónoma, si era posible, a lo que el ministro le contestó que le evitarían su declaración ante la misma, enviándoles su declaración ante el comisario del caso, para que no tuviera ese problema.

Efectivamente, la policía se puso en contacto con ella; la conversación tuvo lugar en Pamplona unos días después de la llamada del ministro y, por deferencia, por no alterar más el tema político y sus relaciones con el partido del Gobierno, se limitaron a unas breves preguntas sobre Arancha, el padre Ignacio y la cena de cumpleaños.

—¿De qué conocía a Arancha Zubeldia? —preguntó el comisario:

—Era la sobrina del padre Ignacio; no la conocía personalmente, no la había visto nunca, hasta esa cena, y no cruzamos palabra —contestó Ana.

—¿No sabía nada de ella, ni de su vida política?

—Lo que el padre Ignacio nos contó hace años a mi marido y a mí; un miembro más de su familia y entre las mil cosas habladas en las largas conversaciones con el sacerdote. Pero simplemente citada entre toda su familia.

—Nos han dicho que se fue pronto de la cena —preguntó de nuevo el comisario.

—Cuando esta terminó, no estaba para mucha celebración. Asistí por el compromiso con el padre Ignacio. Tuvimos una buena relación cuando aún vivía mi marido —dijo Ana.

—¿No vio nada que le llamara la atención, tanto en la cena como en la carretera cuando se marchó? —añadió el comisario.

—Pues, nada; me despedí del padre Ignacio y me marché a casa. No quería que se me hiciese muy tarde.

—Bueno —finalizó el comisario—, muchas gracias por haber atendido a nuestro requerimiento y mi pésame por la pérdida de su marido en manos de esos asesinos de ETA; confíe en nosotros. Los cogeremos tarde o temprano. Disculpe el que tengamos que molestarla, pero hay que tratar a todos por igual.

—No se preocupe —contestó Ana—, es su trabajo y salude a sus superiores; estuvieron muy atentos avisándome de esta… conversación.

De Juan Mari, ni palabra, como si no existiera el caso, o así lo pareció.

Volvimos a nuestra vida cotidiana, cada uno con los suyos, pero con la conciencia de haber hecho algo por Fede, algo que le debíamos, y algo que había marcado un paréntesis en nuestra vida. Volver con la familia, los hijos. Yo ahora tenía a Ana, alguien con quien soñar de nuevo.

Ella se sigue despertando sobresaltada por las noches, en sueños. Las noticias que se producen cada día afectan su forma de vivir el día y la noche, y no es solo ella, sino a toda víctima del terror: maridos, esposas, padres e hijos que nunca volverán a tener la tranquilidad que perdieron, que les quitaron. Por mucho que se alejen, ahí están cada noche, cada muerto, cada bomba... para siempre.

En el ensanchamiento de un cañón fluvial, excavado por el río Irantzu, se yergue la iglesia del monasterio cisterciense de Santa María la Real, con su hermoso claustro gótico, que es el centro de un monasterio fundado primitivamente por monjes benedictinos. En este entorno maravilloso y aislado tenía lugar una reunión nocturna, donde varias personas hablaban sentadas en el pequeño coro de la cabecera de la iglesia. Eran seis: cinco de ellas vestidas de negro y un sexto con vestimentas encarnadas y capelo.

En la oscuridad de la tarde, solamente iluminados por la escasa luz eléctrica del coro y la luz de las velas del Santísimo, la escena emanaba una tensión que una voz grave, con fuerte acento italiano, remarcaba claramente.

Monseñor Traccatelli, enviado especial de Su Santidad y su consejero en los asuntos graves de la Iglesia, reunía en torno a él a los tres obispos de las provincias vascas, al presidente de la conferencia episcopal española y al obispo de Pamplona. En dicha reunión se estaba marcando un nuevo rumbo a seguir por la Iglesia en el problema vasco.

—Espero —comenzó el cardenal, arrastrando la erre al hablar—, que esta reunión venga a clarificar no solo la postura del Vaticano, sino de toda la Iglesia católica.

—*Io* quiero manifestarles… la idea de Su Santidad en cuanto que solamente, tanto la Iglesia en general como nosotros en particular, estaremos al lado de quienes no apoyan el terrorismo, de quienes lo sufren y luchan contra él. Es decir, que la postura oficial de la Iglesia es la misma que la del Gobierno de España, nunca la del Gobierno vasco, y les hablo por boca de su Santidad, del que recibirán una carta personal, que yo les haré entrega una vez finalizada esta reunión.

Su voz resonaba con el eco de la gran superficie de la iglesia conventual, muy escasa de mobiliario.

Poniéndose en pie y paseando con las manos en la espalda, continuó:

—Se condenará, públicamente, toda conducta equívoca. Se condenará, con nombres y apellidos, el terrorismo; se condenará a Batasuna; se condenará el nacionalismo provocador y contrario a esta postura, que desde este momento es la oficial de la Iglesia católica y, por tanto, la que ustedes deberán explicar e imponer.

Mirando fijamente a cada uno, prosiguió:

—La tibieza en cada una de sus diócesis provocará un cambio en la cabeza del obispado. Los miembros religiosos de ella que actúen contra esta directiva, norma o como ustedes la quieran llamar, serán desautorizados y trasladados, inmediatamente, a labores misionales en África y Asia o expulsados del seno de la Santa Madre Iglesia en virtud de su falta de obediencia debida.

Dirigiéndose al obispo donostiarra:

—Su Santidad envía su bendición y desea hablar personalmente con el antiguo obispo, monseñor S., que se trasladará a Roma para mantener dicha conversación y perseverar durante un tiempo en la Ciudad Eterna sobre la doctrina de la Iglesia.

El obispo al que se dirigía tartamudeó, diciendo:

—Pero, monseñor, el sentimiento del pueblo vasco...

Interrumpiéndolo bruscamente, el italiano continuó:

—Perdón, pero eso es un sentimiento político. La Iglesia es universal, y ustedes no son vascos por encima de todo; primero son cristianos católicos y, sobre todo, príncipes de la Iglesia, y no se pueden poner peros a las palabras y deseos de su Santidad. Solamente servimos al pueblo de Dios y no al pueblo vasco, que, por otra parte, es una gota de agua en el mar que forma el pueblo de Dios.

Las cortantes palabras del cardenal Italiano quedaban enmarcadas solemnemente por el eco que retumbaba en la iglesia de Santa María.

Los tres obispos vascos bajaron la cabeza en señal de asentimiento, mientras los otros dos se miraban muy serios.

El cardenal se arrodilló, cosa que secundaron inmediatamente el resto de los asistentes, y comenzó una oración en latín a la que se unieron al momento el resto, bajo la dulce mirada de la Virgen de Irantzu, con el niño en brazos.

—*Ave Maria, gratia plena, Dominus tecum. Benedicta tu in mulieribus, et benedictus fructus...*

En la penumbra de su preciosa iglesia, se ponía fin a una reunión que nunca existió, pero que a partir de ese momento cambiaba el modo de actuar de la Iglesia «vasca».

Meses después, tras el traslado de varios sacerdotes a Roma, antes de partir hacia las misiones, y recibir la despedida que desde allí les hacía monseñor S., se celebró en la catedral de Vitoria una solemne misa-funeral por el alma de todas las víctimas del terrorismo etarra. Misa presidida por el presidente de la Conferencia Episcopal y por los obispos de las diócesis vascas, pidiendo perdón, cada uno de ellos, por la postura tibia manifestada hasta ahora frente al terrorismo, condenando y dejando fuera de la Iglesia a todo aquel que actúe en apoyo del terrorismo, ya que todos los católicos deben velar fundamentalmente por la vida, que es un bien recibido por Dios y que, por tanto, no se puede tolerar que nadie quite o ayude a quitar ese don divino.

La catedral, abarrotada de fieles, escuchaba con estupor y con alegría, en su mayoría, algo que esperaban y de lo que no habían perdido la esperanza de escuchar tarde o temprano.

VIII

La fiesta

Pasaba el tiempo, se apagaban las voces de la infamia que clamaban por la muerte de Pachi, Juan Mari y Arancha.

Tres muertos sin reivindicación, sin causa sabida, sin pena ni gloria al final.

Nos habíamos planteado en ocasiones si todo esto había servido para algo, pero Ana y yo siempre nos decíamos que era de justicia y que no pretendíamos ser ejemplarizantes. Dejábamos pasar el tiempo; el olvido sería como el de Fede, el tiempo todo lo cura o parecía serlo, pero puede que surgieran otras personas que también quisieran una justicia como la nuestra.

El tiempo afianzaba nuestra relación y, como todos los años, se acercaba San Fermín. Como incondicional de la fiesta, me propuse pasarla por primera vez juntos.

Como siempre, preparé mis vacaciones sanfermineras, pero esta vez de una manera diferente: vivir Pamplona en fiestas todo el día y toda la noche, y con el piso de Ana en la misma Pamplona, serían unas fiestas distintas y seguro que inolvidables.

¡Había conseguido unas invitaciones para poder disfrutar del chupinazo! Desde el interior del Ayuntamiento todo era diferente.

Los Urtasun, una familia de vieja raigambre estellesa, se habían afincado tras la guerra civil en Pamplona. Su tierra originaria,

Estella, les traía el recuerdo de heridas y muertes familiares durante la misma, donde, como falangistas, habían luchado en el bando franquista, y se instalaron en la capital del reino, donde trabaron gran amistad con los padres de Fede. A ellos les debíamos la suerte de las invitaciones gracias a que contaban con un familiar concejal, compañero de partido de Fede, con quien compartimos el honor del chupinazo vivido de cerca.

El chupinazo, comienzo de la fiesta, es el encendido de un cohete desde el balcón central del Ayuntamiento por la personalidad que es elegida, ante los miles de personas que se agolpan en la plaza de este y que marcan el principio de una semana esperada durante todo el año.

Llegué a Pamplona el 5 de julio, ya anocheciendo. Ana me esperaba en su casa.

Ya se notaba el ambiente festivo que precede al disparo del cohete, pero sin la algarabía del después.

Hacía días que no nos veíamos y estaba deseando encontrarme con ella.

Su beso de bienvenida me cambió el chip con el que llegaba, cansado hasta ese momento, tras una dura semana de trabajo y el añadido del viaje. Comenzaba la fiesta con la mejor explosión de pasión y belleza.

El poder disfrutar del chupinazo desde el Ayuntamiento me pilló de sorpresa. Nunca había estado en esa situación; había asistido a ella de maneras dispares, desde la misma plaza entre la multitud, sin duda la forma más divertida cuando eres joven y lo importante es vivir todo, desde uno de los balcones que rodean la plaza, invitados por los Urtasun, ya que vivían en la misma, desde la plaza del Castillo, lejos de la marabunta, o a través de televisión, la manera más cómoda, pero nunca desde dentro del Ayuntamiento, y ese premio era un premio que íbamos a disfrutar juntos.

Despertar a su lado era un sueño del que no acababa de acostumbrarme y siempre me sorprendía estar allí, y esperaba seguir sorprendiéndome siempre.

El chupinazo era a las doce y había que llegar con antelación. La entrada se hacía por la Cuesta de Santo Domingo, de una manera muy controlada por razones de seguridad; era evidente que la entrada principal, por la plaza, era un imposible.

El edificio del Ayuntamiento, en su fachada principal, no es, no por ser más conocido, menos impactante que la pequeña plaza que preside, con una preciosa escalera que da acceso a grandes salones con balcones a la misma desde donde veríamos el inicio de las fiestas. En cada salón, un grupo de jotas o de folclore navarro amenizaba a la infinidad de invitados que brindaban en honor al santo patrón.

Saludamos a los Urtasun, que nos habían invitado y que, sorprendentemente, no hicieron ningún comentario respecto a Fede; eran fiestas y todo en San Fermín es normal. Brindamos con ellos por el santo y Pamplona, nos asomamos al balcón para ver el encendido del chupinazo y esa explosión de colores rojos y blancos.

Entonces, miles de personas que se agolpaban en la pequeña plaza comenzaron a saltar, bailar, gritar; allí está toda Pamplona, toda Navarra, todo el mundo. Allí se mezclan culturas, idiomas, razas bajo el capotillo de San Fermín, una fiesta que rompe moldes y que para todo el mundo es la fiesta en mayúsculas: toros, religiosidad, tradiciones, comida, alcohol…

Tras el «¡Viva San Fermín!», «*Gora* San Fermín!», el «¡Pum!» del chupinazo marcó el comienzo del griterío, el desenfreno, el baño de alcohol y la música de la Pamplonesa como comparsa. Unas fotos y un nuevo brindis con cava pusieron fin a este comienzo de las fiestas.

Nos besamos en el salón, los dos de blanco y rojo, con el pañuelico recién puesto en el cuello, ya que no se pone el mismo hasta después del disparo del cohete, rojo como sus labios rojos, junto a los míos.

Nos fuimos a comer a base de pinchos, un pimiento relleno de carne, un moscovita, un poco de pulpo, ensaladilla, chistorra, unos vermuts y recorrer la Estafeta, la plaza del Castillo y el entorno de la plaza de toros. Ya un poquito contentos nos replegamos en retirada hacia la casa de Ana, con la impaciencia de la espera de una siesta o lo que se terciara.

Al día siguiente, San Fermín, acudimos a misa en la parroquia de San Lorenzo, donde se encuentra la capilla, la figura y reliquias de Santo Patrono. Por allí pasa el camino de Santiago y, por ello, siempre se encuentra abarrotada de fieles, peregrinos y curiosos queriéndose fotografiar junto al Santo. De la misma sale la procesión del Santo que recorre el casco antiguo de Pamplona, acompañado por las autoridades, sin importar creencias y política en la salida, aunque no así en el recorrido, donde muchas veces deben ser protegidas por la policía.

Las fiestas de San Fermín no son solo el desenfreno que parece fluir de las mismas, sino algo más, también político. Los abertzales, esos que parecen ocupar el casco viejo todo el año, al menos en carteles, banderas y panfletos colgando de las ventanas, año tras año monopolizan las mismas, gritando, imprecando, incluso golpeando a autoridades, vecinos y visitantes que no admiten esta forma de actuar. Actúan contra la religiosidad, las procesiones, los toros, dejándose ver y manifestando lo que quieren sacar de estas actuaciones y métodos, pero que cada vez son más contestadas por los que festejan a San Fermín de una u otra manera.

Fue una semana maravillosa donde encierros, pelota, almuerzos, taberneo, toros, copas, cenas, música y Ana se unieron para hacer unas fiestas únicas entre todas las que había disfrutado hasta ahora. Y lo mejor de las mismas, un amor consolidado, el haber encontrado lo que siempre había buscado, la mujer de mi vida, con quien no solo vivir el día a día, sino una historia común donde una tragedia había marcado la vida de muchas personas, pero de una manera muy clara, la mía.

IX

El Caribe

El vuelo no había sido bueno.

Ana lo había pasado bastante mal.

Cuando empezaron las turbulencias, la tripulación se amarró en sus asientos y los pasajeros hicieron lo que pudieron con sus problemas.

Pero yo, por mi parte, había dado por bueno un viaje que había merecido la pena a pesar de estas.

Siempre he deseado ir a Cuba. Desde pequeño, cuando veía aquellas películas de Los últimos de Filipinas y la pérdida de las últimas posesiones en América, me comían los demonios; odiaba a los yanquis, con su prepotencia y engaño.

Los pobres cubanos habían salido de Málaga para meterse en Malagón, porque nunca un español les trataría como un yanqui. Sinvergüenzas y criminales los habrá de todas las razas, pueblos y religiones, pero nunca un español mirará a un cubano con desprecio; al fin y al cabo, son españoles del otro lado del charco, sin más diferencia que la que puede haber entre un gallego y un andaluz. Y es ahora, cuando los he conocido y he visitado la perla del Caribe, cuando me he dado cuenta de que sienten como nosotros y que, si pudieran, vivirían como nosotros, pero en ese paraíso que tienen la suerte de pisar día a día y que un español echa tanto de menos cuando sale de allí.

Cuando salimos de Cuba, habíamos dejado allí un trozo de nuestro corazón; el autor de la canción debió de sentir lo mismo que tantos españoles sentimos cuando volvemos de allí.

Ana había decidido alejarse, aunque fuera durante las vacaciones, de todo aquello que le recordara el pasado reciente. Poco a poco lo conseguiría.

Los chicos se habían quedado con los abuelos y, como su situación económica, aunque fuera por un trance tan triste, había pasado de ser «sin problemas» a «boyante», se había permitido el lujo de pagarnos un viaje a Cuba. Mi sueño se había convertido en realidad; yo no tenía secretos para ella y era, en realidad, un regalo para los dos.

Un poco desconcertados por el vuelo y el férreo control de entrada al país, llegamos al hotel Meliá Habana, donde teníamos reservada habitación durante la siguiente semana. El hotel era espectacular.

No pudimos disfrutar del viaje desde el aeropuerto, era de noche y no había excesiva iluminación en la ciudad.

Tras un pequeño refrigerio, nos fuimos a la cama, donde caímos rendidos. Por fin estaba en Cuba; no me lo podía creer.

Habíamos dejado atrás esos meses de tensión y muerte, y no queríamos recordar el pasado, solo descansar.

Una mañana soleada, como el noventa por ciento de los días en Cuba, y una luz muy especial iluminaba la lujosa habitación a través de unos inmensos ventanales que daban acceso a la terraza sobre la gran piscina que prácticamente circunvalaba el hotel, tras la cual brillaba el mar.

A 180 kilómetros, en línea recta, estaba Florida, los EE. UU. tan cerca pero tan lejos, y a un kilómetro, la embajada de Rusia, lo que quedaba de la embajada de la extinta y otrora todopoderosa URSS, una edificación horrible que rompía con la maravillosa zona de las embajadas, pequeños y grandes chalés entre la abundante vegetación de la zona, donde se encontraba enclavado el hotel.

Ana seguía dormida; era temprano, pero yo llevaba despierto desde las siete de la mañana; mi impaciencia por conocer La Habana me tenía en vilo.

La desperté besándola en el cuello y se volvió perezosamente, abrazándome. Hacer el amor en Cuba, temprano y con este pedazo de mujer, era el comienzo que cualquiera desearía para comenzar unas vacaciones que se prometían muy felices.

Tras un abundante desayuno en el bufé del hotel, comenzamos nuestro periplo por La Habana Vieja y empezamos a disfrutar de una ciudad maravillosa, con muy escaso tráfico y el poco que había como el de los años 50, los viejos Chevrolet y Cadillac de multitud de colores siempre muy vivos, mezclados con los pocos autobuses urbanos, conocidos por su forma como «camellos».

El taxi nos condujo hasta la plaza de Armas a través del larguísimo malecón. Nada más apearnos, comenzaron a ofrecernos habanos y ron «a precio especial para España». No fue fácil deshacernos de ellos, pero ya rodeados de una multitud multiétnica que circulaba incansable por las calles, gente alegre y bullanguera, amable hasta puntos que rayaban en el servilismo y que te localizaban inmediatamente como español, interesándose por tus orígenes y procedencia, comenzamos a amar a este pueblo que te lo pone fácil.

En la calle, un rumor musical llenaba un ambiente agradable y simpático. Nos hicimos unas fotos en la fortaleza española, muy bien conservada, donde, con un poquito de imaginación, veíamos pasear a la guardia, con sus alabardas, corazas y morriones. Los cañones apuntando hacia la entrada del puerto y, al otro lado de la bahía, el Fuerte del Morro, imponente fortaleza del siglo xvi que defendía La Habana de piratas e ingleses.

Ana estaba absolutamente cambiada; la veía con un color más moreno de piel. En realidad, no es que el sol de Cuba te ponga moreno nada más llegar, sino que había utilizado cremas para ponerse morena sin sol, con la esperanza, más bien la absoluta certeza, de que tomando este sol volvería convertida casi en una mulata habanera. Su aspecto era llamativo, con su melena rojiza al viento, deliciosa, pero lo más llamativo y algo que solamente yo podía apreciar era que se sentía completamente liberada del pasado; era una nueva vuelta a la vida.

Continuamos calle adelante y, siguiendo las indicaciones de la guía que acabábamos de comprar, entramos en el Hotel Ambos Mundos, donde en el pasado Hemingway pasaba las horas cuando venía a La Habana. Desde el ático, al que se accedía en un ascensor antiguo con ascensorista, un grupo musical tocaba y cantaba habaneras, en un ambiente que no conocimos hasta ese momento y que te empujaba a disfrutar cada minuto. Divisamos una vista realmente espectacular de toda La Habana Vieja.

Nos sentamos y, pasados unos minutos, acudió un camarero:

—¿Qué desean los señores?

Ana le sonrió, mirando a continuación la guía.

—Un mojito. No lo he probado nunca, pero es la bebida típica de aquí, ¿no? ¿Qué lleva el mojito? —dijo haciéndose la turista tonta.

El camarero no podía quitar la vista de Ana. Su amplio escote, sus largas piernas y su melena roja le tenían embobado; no se había enterado de la pregunta.

—¿Qué lleva el mojito? —le volvió a preguntar más alto.

El camarero carraspeó.

—Ron cubano, azúcar, zumo de limón natural, soda y un ramito de hierbabuena.

—Muy bien —le dije—. Entonces un mojito y un Martini rojo.

Al fondo, tras la barra, se veía como el barman movía con experiencia una coctelera, llenando después unas copas.

El lugar era muy agradable. Mientras hablábamos de Hemingway, de sus gustos y el contraste entre Pamplona y La Habana, que curiosamente a nosotros nos encantaba como al escritor, en veinte minutos teníamos en la mesa los dos combinados.

Comentamos, trago a trago, como habíamos seguido sin darnos cuenta de ello, los pasos del escritor americano, aunque tan lejos de sus posiciones políticas.

Si hay algo en Cuba que pueda alterar los nervios de un turista, es la tranquilidad con que se toma el trabajo. Todo es lento, muy lento, con la excepción de la música y el baile, pero uno se acostumbra a esa parsimonia que impregna toda la vida cubana, una vida sin prisas, que sin duda era lo que necesitábamos.

Las horas, sin embargo, se nos pasaban volando, disfrutando de las copas y el aire de La Habana.

Preguntamos al camarero por un lugar para comer; nos indicó que, por supuesto, en el restaurante del hotel se comía muy bien, pero nosotros queríamos variar y seguir conociendo la ciudad. La guía indicaba varios restaurantes alrededor del Palacio del Gobernador y hacia allí nos dirigimos. Pasamos por el Floridita, y cuando entramos, se me vino a la mente Perico Chicote, pero con la particularidad de que solamente había pasado por la puerta de su casa en la Gran Vía de Madrid. Como en todo local habanero que se precie, un grupo musical mantenía el ambiente; había bastante gente, sobre todo extranjeros; españoles y norteamericanos compartían el espacio por el que unos cien años antes se habían matado. Los cubanos, ahora, servían las copas y cantaban por su independencia. Los yanquis lucharon por quedarse con la isla, aparentando ayudar a los cubanos y los españoles, aguantando y dejándose la vida por un sitio tan maravilloso que durante quinientos años había sido España, incluso antes que Navarra.

Nos sentamos en la única mesa que quedaba libre; parecía un local madrileño. Mientras, observábamos el entorno: sillas de madera, mesas de mármol y camareros de blanco. El barman llevaba una chaquetilla roja con las solapas llenas de pines. A los quince minutos se acercó uno de los innumerables camareros que estaban agolpados junto a la barra. El Floridita es famoso por sus combinados, pero fundamentalmente por sus daiquiris. Aquí venía Hemingway desde el hotel Ambos Mundos a tomárselos. Y es verdad que los preparan de una manera espléndida. ¡Ron, hielo picado, zumo de limón natural y unas gotas de marrasquino! hacen de él una de las estrellas del mundo del ron que es Cuba.

La comida es quizás una de las cosas que deja algo que desear; no sé si será el estar acostumbrado a la comida española o la falta de género debido al bloqueo de EE. UU., pero sin duda el entorno suple en gran parte esta falta.

El restaurante El Patio es otro sitio maravilloso; a tu alrededor encuentras palomas, pavos reales, incluso alguna gallina que da un sabor antiguo. En Europa no encontramos ya un lugar así, pero todo muy limpio. Camareros solícitos y rápidos, por primera vez. A Ana, la comida criolla que pedimos no le gustó nada, pero la joven que cantaba habaneras, junto a un grupo musical bastante mayor, iluminaba el local.

Tenía la sensualidad que esperaba encontrar en la mujer cubana. Unos 20 años, mediana estatura. El color tostado de su piel se resaltaba sobre el pantalón y la vaporosa blusa blanca de algodón. Sombrero de paja, bajo el que resaltaban unos enormes ojos negros, unos labios carnosos y una voz que me costará olvidar durante un tiempo. Su nombre era curioso, Isbeta; quedaba bien como nombre, pero luego me dio por pensar el porqué. ¿Se llamaría Isabel Betancourt? ¿Haría referencia a Isabel II, por ser la Beta la segunda letra del alfabeto griego?

¡Qué tontería! lo que puede hacer un nombre en una mente desocupada.

Ana, por supuesto, se había dado cuenta de que la chica me había llamado la atención, y sobre todo porque Isbeta se hacía notar. Miraba fijamente, guiñaba los ojos y yo me sabía todas las canciones que cantaba y le seguía el ritmo; estaba encantado.

—Te gusta la chica, ¿eh?

—Canta bien —respondí, mientras seguía la canción con las palmas sobre la mesa.

Ana sonreía, miraba las muecas de la cubana y, cogiéndome del cuello, me dijo al oído:

—¿No pensarás dejarme tirada en Cuba? Creía que te gustaban fundamentalmente las pelirrojas, pero ya veo que el color del pelo no es lo importante.

La abracé y le di un beso. Pedí la cuenta y salimos a la calle, no sin que Isbeta me guiñase el ojo por última vez.

En la calle, el ritmo de la vida continuaba; la plaza de la catedral servía de terraza a los bares de esta, donde músicos, pintores ambulantes, adivinadoras, etcétera, intentaban ganarse la vida entre los turistas que tomaban café allí, bajo la atenta mirada de la policía que merodeaba por la plaza constantemente. En la esquina, una enorme negra muy mayor, vestida con un inmaculado vestido blanco y con un enorme turbante sobre la cabeza, un gran habano en la boca, todo ello salpicado por los tonos de la pintura de sus labios, pañuelo al cuello y unos zapatos con grandes tacones de color rojo intenso, llamaba la atención de los turistas que no dejaban de hacerle fotos.

La inmensa cubana se ganaba la vida leyendo la mano de los turistas. La mano de Ana fue capturada en un abrir y cerrar de ojos y, ante nuestro estupor, su rostro reflejó sorpresa y preocupación.

—Tú has sufrido mucho, mi *amol* —dirigió una mirada hacia los ojos de Ana. —Nos quedamos parados por la sorpresa y continuó—: España te duele, pero ya ha terminado el dolor; disfruta de Cuba y del amor.

Nos miramos y diez euros pusieron una amplia sonrisa en su rostro oscuro y alegre.

Hicimos unas fotografías y cogimos un taxi hacia el hotel. El cansancio del día anterior todavía se notaba, y al llegar al hotel, Ana decidió bajar a la piscina a tomar el sol; no quería perder un momento para ponerse morena.

Subimos a la habitación y nos pusimos el bañador. Ella se dirigió a la piscina, mientras yo compraba la prensa. En Cuba no se puede comprar otra prensa que el Granma, el diario del régimen, pero los turistas en los hoteles pueden comprar prensa europea que llega en los vuelos de la mañana. Solamente quedaba de prensa española *El Mundo*. Lo compré y salí a la piscina.

Allí estaba Ana, luciendo un espectacular bikini amarillo y marrón, que no dejaba indiferente a nadie que pasara a su lado. Me puse en la tumbona que había junto a ella y comencé a ojear el periódico.

Me llamó la atención un informe periodístico que, a raíz de la visita de Ibarreche y las magníficas relaciones entre el Gobierno vasco y Cuba, hacía el periódico sobre los etarras en Sudamérica y, sobre todo, en Cuba y el apoyo que el régimen cubano hacía a la causa vasca. En él se manifestaba que en los últimos meses se habían detectado movimientos hacia Cuba de posibles terroristas que, tras cometer atentados, se refugiaban en la isla, ante la persecución que todo el mundo libre estaba sometiendo al terrorismo. Se citaban nombres y atentados terroristas y, en concreto, a un tal Ricardo Arrumbarrena, que parecía estar implicado en la muerte de diversas personas, entre las que se citaba a Fede.

Parecía que la historia nos perseguía, incluso al otro lado del océano. Miré a Ana, que continuaba dormida al sol. Debía procurar que no se enterara. La veía tan bien que no quería que volviese a los malos tiempos.

Al rato, se desperezó:

—¡Qué calor hace! Vamos al agua.

—¡Estupendo!

Mientras me daba una ducha, ella salió corriendo y se zambulló en la piscina. Daba gusto verla nadar tranquila, sin preocupaciones.

—¡Está estupenda! Venga, métete ya.

La verdad es que a mí el agua en esas cantidades no me iba mucho. Yo soy de tierra adentro y, mucho más que una bañera o una ducha, me parece un exceso.

Nadamos un rato disfrutando de la maravillosa piscina y de la frondosidad del jardín que la rodea, entre palmeras y plantas exóticas.

Al salir me dirigí a la ducha y, al llegar a la tumbona, Ana me esperaba con el periódico en la mano.

Había cometido el error del viaje: dejar el periódico a su alcance, pero ya no había solución.

—¿Por qué no me has dicho nada?

—Acabo de leerlo y no me parecía la mejor noticia para dártela en este momento.

—Pues —mal asunto, acababa de sacar su acento maño— tenemos que encontrarlo.

Preferí dejar para mejor momento y lugar la discusión que se avecinaba.

No volvió a hablarme hasta que llegamos a la habitación.

—Tenemos que encontrarlo —repitió—. Estamos aquí y no vamos a dejarlo escapar; recuerda a Fede.

Ya no era la misma; estaba nerviosa, tensa.

—Pero, Ana, hemos venido a olvidar, a descansar y relajarnos. Además, estamos en el extranjero y esto supone muchas más dificultades. Sé que no puedes olvidarlo, pero hay que hacer un esfuerzo.

Se echó a llorar sobre la cama; me acerqué abrazándola. Mientras la besaba para contener las lágrimas, fue surgiendo en ella una furia fuera de lo común. Nunca la había visto así, se quitó el albornoz que llevaba puesto y, colocándose sobre mí, comenzó a hacerme el amor de una forma violenta, con una furia que, en un determinado momento, me llevó a pensar que estaba sufriendo un ataque, pero poco después se relajó y lloró a mi lado. Había descargado de esa manera toda su frustración y rabia.

Dormimos profundamente durante la noche y, cuando me desperté, estaba amaneciendo. Salí a la enorme terraza y el sol comenzaba a surgir del fondo del mar en un amanecer de película. Sentí el brazo de Ana sobre mi hombro y su beso en mi espalda.

—Perdóname, he perdido los nervios, no sé qué me ha pasado.

—No te preocupes, lo entiendo perfectamente, y he estado pensando que podemos pasarlo bien y, a la vez, ver si nos enteramos de algo para ver qué podemos hacer al respecto.

—Gracias —me dijo mientras me besaba dulcemente.

Bajamos después de darnos una agradable ducha y, repuestos, tras un copioso desayuno, comenzamos el siguiente día turístico, en este caso, turístico informativo.

A pesar de todo, La Habana continuaba tan hermosa y con la misma luz que ayer.

Decidimos dedicar la mañana a visitar la fábrica nacional de tabaco, que fue como volver a los tiempos de la fundación de esta por un compatriota catalán. Todo era antiguo, por no decir viejo. Suelos de madera sin tratar, ni barniz ni cera ni limpieza. Escaleras vetustas y grandes salas, donde hombres y mujeres, sentados sobre todo tipo de asientos y con un saco de hojas de tabaco al lado, quitaban el nervio central de las grandes hojas, separándolas en varias partes que clasificaban por su textura y color. Un dulzón olor a tabaco impregnaba el ambiente. Los trabajadores fumaban habanos, mientras realizaban su trabajo o comían sobre su banco lo que habían traído en una tartera. Había que sacar el trabajo adelante entre cien y ciento cincuenta puros habanos por persona y día. En otras salas, en una especie de pupitres corridos, se montaban las distintas clases de puros hoja sobre hoja, mezclando sabores, olores y aromas para hacer del habano algo único que los españoles habían llevado al viejo continente y, desde allí, al resto del mundo. Después, pruebas, catas, diferenciación de calidades; en fin, un trabajo que no parecía sencillo y que precisa una especialización que aquellos cubanos, sin duda, tenían.

En la salida, una lujosa tienda de la fábrica, donde se podía adquirir desde el habano más insignificante hasta el más elaborado, pasando por maravillosas cajas y muebles en madera para la conservación de los cigarros en condiciones óptimas. Eso sí, los precios eran astronómicos, con lo cual dejó de extrañarnos el gran mercado negro existente.

Nos dirigimos al Capitolio, una gran edificación que copiaron en este siglo del de los EE. UU. Gigantesco, fastuoso, a todo lujo. Un gran parlamento con amplias galerías, biblioteca, salones para conferencias.

Tras dar una rápida vuelta, decidimos ir a comer. Paseando tranquilamente por la ciudad, terminamos en un restaurante que tenía buen cartel en la guía turística, La Mina. La comida, sin ser deliciosa, era muy aceptable, con un trato agradable y un grupo musical magnífico.

Mientras comíamos, comenté a Ana que podíamos dedicar las tardes a investigar para ver qué podíamos averiguar del paradero del elemento en cuestión o hasta qué punto podíamos dar crédito a la versión de *El Mundo*. Podíamos intentar averiguar algo más a través de Javier, un amigo de los tiempos de estudiante que luego se reveló como un gran escritor que colaboraba con dicho periódico. Pero esto podría traer complicaciones posteriores tanto para nosotros como para Javier, por lo que lo descartamos.

Ana estaba de acuerdo y, tras el café, volvimos al hotel.

Mientras ella bajaba a la piscina, yo comencé a ojear el menguado listín telefónico de la isla que había sobre la mesilla de noche, curioseando por encima los apellidos vascos. Muchos habían emigrado y se habían establecido allí, creando una colonia floreciente, extendida por toda la isla, y por ahí era por donde había que empezar a buscar. Aunque el Gobierno cubano les protegiera de alguna manera, siempre había un vínculo familiar o de grupo que les hace buscarse.

En ese momento, me vino a la cabeza que un hermano de mi abuela materna había hecho fortuna en la isla, pero con la llegada de Fidel tuvieron que salir con lo puesto en dirección a Miami; sin embargo, seguro que quedaba alguien de la familia. Me puse a buscar en la guía telefónica el apellido de la abuela que, aunque no era muy común, encontré diez direcciones con el mismo. Bueno, pues era una forma de empezar.

Apunté las direcciones y bajé a la piscina con Ana, que se asaba al sol de la más grande de las Antillas.

El día siguiente lo dedicamos a buscar a mis parientes; era un día maravilloso, como la gente que íbamos conociendo.

Todos eran de ascendencia española. Las necesidades en Cuba son muchas y de lo más variado, pero si hay una cosa que abre muchas puertas o facilita voluntades, esa es la ropa. Y yo estaba dispuesto a perder toda la maleta si era necesario; de todas maneras, siempre podría comprarme más, eso sí, a precios astronómicos.

Después de comer, ya un poco cansados y desalentados, comenzamos la sexta visita del día.

En pleno casco antiguo, buscamos el número 184 de la calle Obrapía. Era un edificio neoclásico, como todos los que le rodeaban, desconchado y falto de pintura. Las maderas de sus ventanas y puertas agrietadas y los cristales rotos de sus ventanas dejaban asomar sus visillos al exterior. Entramos por un gran portalón que daba acceso a unas escaleras que subían a los distintos pisos. Más adelante, un patio lleno de plantas hacía reverdecer la vista del interior.

Preguntamos a la primera persona que encontramos:

—Por favor, ¿Ignacio Sanz?

—Sí, vive allá, en el cuarto. Los acompaño hasta su casa. ¿Son ustedes de España? Mi abuela era de Asturias.

Llama la atención que todos los cubanos tengan ascendencia española tan cercana y, sobre todo, no te deja sorprendido si son medio negros; pero si esto te ocurre, como pasaba en este caso, que la señora que nos acompañaba podría pasar desapercibida en cualquier tribu del África subsahariana, era mucho más sorprendente.

Ignacio abrió la puerta a la llamada de las voces de *la asturiana*. Ante nosotros apareció un hombre de unos 70 años, delgado, enjuto, con muy poco pelo, dándome cuenta de inmediato que habíamos acertado; era exacto a mi tío Cruz.

—Hola, buenas tardes, estamos buscando a unos familiares, familia ya lejana que coincide con sus apellidos. Llevamos varios días buscando —mentí— y…

—Pasen, por favor, están ustedes en su casa.

Le costó Dios y ayuda deshacerse de la morena asturiana.

Ignacio Sanz comenzó a hablarnos de su padre, un carbonero de las Améscoas, en Navarra. Había trabajado toda su vida en esa profesión, hasta que consiguió, en los años 30, emigrar a Cuba. Fue costosísimo conseguir un billete de barco para las Antillas. Los ahorros de toda una vida, pero su padre era muy valiente y no quería pasarse lo que le quedaba de ella quemando encinas en el bosque para hacer carbón vegetal como sus hermanos, y escapó de allí.

Lo que le daba miedo no era el trabajo y, trabajando mucho, consiguió hacer dinero. Fundó una familia con una cubana llamada Leila, una mulata candonga que había encandilado al pequeño navarro. Tuvieron tres hijos, dos chicos y una chica. Antonio era el mayor; cuando Castro y sus revolucionarios se hicieron con el poder en el 59, escapó a Miami con su familia y con lo puesto. Por el contrario, Ignacio y Puy habían permanecido en Cuba y formado cada uno su familia. Eran mi familia cubana.

Ignacio había perdido todo contacto con la familia de su padre y ahora el pasado iba a buscarlo a él, recuperando los lazos con la España que había perdido.

Le hablé de la familia tan numerosa con la que contaba, contándole que algunos habían pasado por Cuba en varias ocasiones. Incluso pude hablarle de su hermano mayor, al que había conocido el año anterior en su primera visita a España.

Ignacio nos contó que sus relaciones nunca fueron buenas y no había vuelto a tener ningún contacto con él desde el triunfo de la revolución.

Su esposa había muerto de cáncer hace dos años y su hermana vivía en Santiago de Cuba. Estaba solo en La Habana. De sus hijos, el mayor era militar y estaba destinado en una base al sur de la isla; la chica era profesora de agricultura en la Universidad de Santiago. Estaba muy orgulloso de ellos.

Se nos habían pasado las horas sin darnos cuenta y era la hora de cenar, así que invitamos a Ignacio a venir con nosotros; este nos llevó a un sitio cercano que, como él decía:

—No es muy elegante, pero tiene la mejor comida criolla que se puede probar, mi *henmano*.

Ignacio estaba en lo cierto, con lo que la cena fue, por fin, algo diferente.

No había salido nunca de la isla, pero cuando nos hablaba de Navarra era como si hubiera nacido allí. Su padre les hablaba de ella cuando eran pequeños; en su casa nos había mostrado una bandera de Navarra que tenía colocada en una pared.

Nos habló de los pocos navarros que quedaban en la isla y que, tanto por su escasez como por lo que se conocía y enseñaba sobre la opresión que el Gobierno español sometía tanto al País Vasco como a Navarra, pensaban y se consideraban, como los nacionalistas, parte integrante del País Vasco y, por tanto, muy unidos a la colonia vasca, más numerosa e importante.

Mientras le hablaba de la historia de Navarra, de los Foix, de las guerras carlistas o de la guerra civil, me miraba absorto, intentando asimilar lo que para él era un descubrimiento.

El primo Ignacio nos vio tan interesados en la vida cubana que nos prometió enseñarnos cómo era la vida en la vieja provincia, vista desde el punto de vista cubano.

Así que decidió enseñarnos cómo vivía él y su familia, su entorno y su Habana. Nos fue presentando a sus vecinos, sus amigos, llevándonos poco a poco, sin prisa, como buen cubano, acercándonos donde queríamos llegar.

Su edificio era manejado por los vecinos; sus carencias y necesidades procuraban ser solucionadas por el grupo e informadas por el miembro del partido que controlaba, hasta cierto punto, el cotarro. Era un grupo muy variopinto, que fuimos conociendo uno a uno en los pasillos, las escaleras o en el portal, según los íbamos encontrando. Eran un fiel reflejo de la sociedad cubana: funcionarios de la Administración, jubilados, titulados universitarios, desocupados y niños. A todos les costaba Dios y ayuda llegar a fin de mes con lo que les entregaba el estado, pero lo que a nosotros nos parecía muy escaso, a ellos les era suficiente y aún conseguían ahorrar para utilizar el sobrante para el trueque, que es algo normal en el funcionamiento económico de la isla. Los salarios eran muy pequeños y los precios altísimos debido a la escasez de bienes de consumo a causa del bloqueo.

Su círculo de amistades se mostró amistoso y cercano. Todos querían saber de España, e Ignacio estaba siempre al quite para sacarnos del atolladero.

Su mejor amigo se convirtió en nuestro acompañante, ya que eran inseparables. Pedro Olabe era descendiente de una arraigada familia del patriciado cubano que, aunque tenía importantes posesiones en la isla a la hora de la revolución, se unió a los revolucionarios en contra de su familia. El Che Guevara había hecho de él un revolucionario anticapitalista que pudo sacar a su familia de Cuba tras la victoria de Fidel. Ahora era un vejete al que le gustaba contar batallitas y apoyar la revolución vasca, marxista-leninista, que preconizaba ETA.

Debió ser un buen pájaro de cuenta; nos hablaba de su época en la URSS, del KGB, de su período revolucionario en África, pero donde comenzó a interesarnos fue cuando se puso a hablar de la colonia vasca, de los entrenamientos de los *gudaris* vascos y del refugio de los más perseguidos por los rescoldos del franquismo en España. Ignacio intentaba hacerle callar para que no nos aburriera, decía que estaba un poco loco, pero que había que disculparle, que era cosa de los años.

Nos fuimos acercando al círculo que formaba la colonia vasca, muy cerrada en sí y desconfiada absolutamente de cualquier extraño. Pero descubrimos, gratamente, que a los amigos de Pedro Olabe se les recibía sin ninguna desconfianza, aceptándolos como a cualquier miembro del grupo. Continuaban manteniendo las costumbres, el folklore y, sobre todo, cosa que agradecimos Ana y yo hasta el infinito, la gastronomía. Fueron dos días muy agradables, sin más progreso que convivir con estos vascos del otro lado del Atlántico.

El señor Olabe nos quiso despedir con una cena, ya que, al haber perdido toda esperanza de encontrar una pista que nos llevase al objetivo, habíamos decidido dejarlo por imposible y marcharnos a Varadero el domingo, y descansar en la playa de nuestro recorrido exhaustivo de La Habana, antes de volver a España.

X

La cena

Un taxi en el que venía Ignacio nos recogió en la puerta del hotel. Tras una hora de viaje, dando vueltas y más vueltas por carreteras de difícil acceso y sin ninguna indicación que nos permitiese saber, aproximadamente, dónde nos encontrábamos, divisamos, al salir de la nonagésima curva, un caserío al que solo le faltaban las vacas clavadas en la falda de la montaña, con esos pies de gato que tienen las vacas en el País Vasco para ir contra las leyes de la gravedad. Podíamos estar perfectamente en Ulibarri, Arechavaleta o Astigarraga, o cualquier otro pueblo vasco o navarro. Allí estaba el restaurante vasco, más vasco que uno se pueda imaginar. Al entrar se escuchaban canciones en eusquera que, unidas a las boinas y la decoración interior, nos habían devuelto al norte de España en un taxi.

Durante el viaje, Ignacio nos contó que el restaurante era de Pedro Olabe, y que el régimen de Fidel le había permitido conservarlo por su pasado revolucionario. Era la casa que había construido el abuelo de este cuando hizo fortuna en Cuba, la casa familiar.

Pedro Olabe nos estaba esperando; recibió a Ignacio con un abrazo, besó a Ana alabando la belleza de la mujer española y me estrechó fuertemente la mano.

—*¡Egun on!* ¡Gracias por alegrar con su visita nuestra casa! —dijo.

La verdad es que la vista de todos los del salón se volvieron hacia la maravillosa pelirroja que bajaba las escaleras del brazo del dueño.

Llevaba un ceñido vestido rojo que marcaba todas sus curvas y hacía inevitable volver la vista hacia ella.

Ignacio y yo fuimos tras de ellos hasta una mesa decorada magníficamente, en un rincón situado un poquito más alto, desde donde se divisaba todo el salón.

Éramos seis en la mesa; Ana, la única mujer.

El anfitrión hizo las presentaciones, comenzando por Ana. Sentado a su lado, un joven, alto y fuerte, con marcado acento vasco, que fue presentado como Ricky, un recién llegado del otro lado del Atlántico.

Ana cambió de color y yo, al darle la mano, le pregunté:

—Ricky de Ricardo, ¿no?

—Sí, así es.

Sin soltarle la mano, me presenté y él mismo nos presentó a Iñaki, que se sentó entre el señor Olabe y yo. Junto a este se colocó Ignacio.

Nos dijo que había sentado en nuestra mesa a los dos jóvenes porque eran recién llegados y no conocían a nadie, y a los *gudaris* vascos había que darles una buena bienvenida.

Eran muy parcos en palabras, pero ninguno de los dos quitaba la vista de encima a Ana, fundamentalmente Ricky, que la tenía a su lado y se le iban los ojos por el escote.

Como siempre en Cuba, comenzamos con un mojito para abrir boca, y este fue el único detalle por el que podríamos deducir que estábamos en la isla; todo lo demás fue como si nunca hubiéramos salido del País Vasco. Arzak no lo hubiera dejado muy atrás, salvo por el servicio que, como siempre, dejaba algo que desear.

Música vasca acompañaba la maravillosa comida que nos ofreció. Los lomos de bacalao en salsa de gambas nos hicieron recordar que, como en España, no se come en ningún sitio.

—La cocina vasca no tiene parangón con ninguna otra; estos sabores solamente los puede conseguir un cocinero vasco —comenté para quitar hierro a la situación y abrir la conversación, intentando que Ana recobrara la tranquilidad perdida que, al parecer, nadie había notado.

Sacaron un buen vino blanco para acompañar el pescado; Ana dijo al camarero que no le sirviese.

Olabe, que no perdía detalle de lo que allí acontecía, preguntó inmediatamente:

—¿Es que no te gusta el vino?

—No es que no me guste el vino, es que no me gusta el vino blanco. Siempre como con vino, pero tinto.

—Eso sí que es una buena elección; a mí me ocurre lo mismo. Lo he pedido así pensando en vosotros. Pero como yo soy de tu misma opinión… ¡Camarero, por favor! Llévese el vino y tráiganos un buen Rioja, pero que sea alavesa —dijo entre risotadas.

El camarero sacó, al poco tiempo, un magnífico Rioja, reserva del 97, con el que brindamos por Cuba y Euskadi.

El chuletón que sirvieron después era de primera calidad; no creo que hubiera muchos en toda la isla de ese tipo.

Ricky, apenas le sirvieron, lo devoró en un santiamén.

Olabe lo miró con condescendencia y pidió perdón por él:

—Tenéis que perdonarle, acaba de llegar y lleva la comida del avión…

—Claro, claro —dijo Ana sonriéndole—, tiene que estar hambriento.

Terminada la comida, con un suculento plato de arroz con leche, se sirvieron unas copas de pacharán. El ambiente, el vino y los licores habían abierto la puerta a la confianza.

Mientras hablábamos, Ana dijo que tenía ganas de bailar; la música vasca había dado paso a un grupo de música cubana que cantaba boleros. Ricky se ofreció inmediatamente y los dos se pusieron a bailar delante del grupo musical.

Mientras los demás continuábamos conversando de la vida en Cuba y de lo bello que es vivir en esta isla paradisíaca, Ana ya tenía a Ricky como loco detrás de su falda, sus caderas y la forma de moverse.

—Así que acabáis de llegar, ¿no?

—Sí, venimos de París a pasar unos días de vacaciones, como vosotros.

—Pues sí, pero nosotros salimos para Varadero, así que ya no nos veremos. Pasaremos allí una semana y después volveremos a España.

—¿Y no nos podíamos ver algún día? El caso es que tu cara me resulta conocida, pero no recuerdo de qué, y no es fácil olvidarse de alguien como tú.

—Muchas gracias por el cumplido, pero no creo que nos hayamos visto antes. Y como no vayas a Varadero… Pero te daré el teléfono del hotel. Llámame. Posiblemente el miércoles estaré sola. Juan tiene que venir a ver a un funcionario del Museo Nacional que conoce y comerán juntos. Así me haces compañía.

Podemos, si quieres, ir a la playa. Pero no le digas nada a nadie, no quiero que tengan un concepto equivocado de mí. Además, Juan es muy celoso. De todas maneras, ¿dónde te puedo llamar?

—Aquí me localizarás, Ricardo Arrumbarrena; bueno, tú pregunta por Ricky.

Ana de nuevo cambió de color, apretó su cuerpo contra el del terrorista, apoyando su cabeza en el hombro de este. Acababa de confirmar su personalidad; ya no cabía duda. Continuó así, meciéndose en sus brazos mientras se escuchaba el delicado sonido del bolero, maravillosamente interpretado por los músicos cubanos.

Ricky no se lo podía creer; había ligado con una auténtica belleza. El caso es que, desde un principio, la cara de Ana le era conocida; en algún sitio la había visto antes, pero no podía precisar dónde, habría sido en sus mejores sueños.

Tras las despedidas, los abrazos y los «hasta la próxima», el taxi nos llevó hasta el hotel después del mareante camino de regreso. Ignacio volvió con Olabe; ya habíamos quedado con él en vernos antes de volver a España.

En la habitación, Ana me contó cómo habían ido las cosas, cómo había flirteado con Ricardo, la confirmación de su personalidad y lo más importante: que le había invitado el miércoles.

—Así que tengo que desaparecer el miércoles. Hay que preparar a conciencia el día. Ya que hemos tenido la inmensa suerte de encontrarle, no se nos puede escapar. Ahora no se nos puede escapar.

Era el momento de preparar las maletas, nuestro próximo destino: Varadero. Ana metió la ropa y no abrió la boca para decir una sola palabra; se la veía en los ojos un brillo especial que me dio miedo. Había encontrado lo que buscaba y ahora no lo dejaría escapar por nada del mundo, costara lo que costara.

Camino de Varadero hicimos una parada en un mirador desde donde se divisaba un maravilloso paisaje, en el que se mezclaban multitud de verdes, en un día con una luz especial que hacía resaltar la flora que nos rodeaba. Estábamos junto al puente de Bacunayagua, sobre el río Yurumí.

—Parece Asturias, pero con palmeras —dijo Ana.

—¿Quieres tomar una piña colada? Me han dicho que aquí la preparan de una manera muy especial.

Apoyada en la barandilla, me hizo un gesto con la cabeza y me dirigí a la barra del pequeño bar.

El camarero, un hombre pequeño con el pelo muy rizado, me explicaba cómo se hacía una buena piña colada mientras la preparaba.

—¿Esas aves tan grandes no son buitres, ¿verdad? —pregunté al ver sobrevolar el mirador unas inmensas aves, muy similares a los mismos.

—No, señor, son Auras tiñosas, un ave que solo se da aquí; su cuello es diferente, pero también es carroñera.

Cuando salí, Ana seguía admirando el paisaje, asomada al barranco sobre el que estaba colgada la terraza del mirador.

Se volvió, tomó su vaso y se lo llevó a los labios:

—¡Uhm, está deliciosa y muy fría!

—Espera, no te muevas. Voy a hacer unas fotos.

Estaba deslumbrante, con ese vestido vaporoso y blanco que resaltaba sobre el fondo verde del paisaje que mecía la suave brisa. El sol que había tomado en la piscina le había hecho adquirir un color dorado que pretendía aumentar en las playas de Varadero.

XI

Varadero

Varadero era otra cosa. Ya no era el lugar donde varan las naves para limpiarlas o componerlas; era la gran playa turística de Cuba. Una península dedicada exclusivamente al turismo exterior. Los hoteles no rompen la armonía de las construcciones coloniales. Todo rodeado de cocoteros, palmeras, buganvillas, rosas, laureles, flamboyanes, etcétera. Once kilómetros de playas blancas, de arenas coralinas.

En su historia encontramos a sus indios aborígenes, que en toda la península de Hicacos dieron lugar a una cultura cuyos rastros han sido encontrados en las Cuevas de los Musulmanes, con dibujos en sus paredes y osamentas de animales prehistóricos. Sus salinas abastecieron a Nueva España, ahora México, y a la flota española, pero sus numerosas cuevas eran el principal atractivo para Ana, cuya obsesión por las grutas era muy llamativa, junto con la playa.

La Habana estaba unida a Varadero por la única autopista de peaje que conocimos; entendiendo el término «autopista de peaje» en el sentido cubano, pagar se pagaba, pero encontrabas vacas en el asfalto y la policía te podía parar para que llevaras a los cubanos que esperaban pacientemente la llegada de los buses públicos que pasaban, sin mucha continuidad, a los que tenías que llevar sí o sí.

La autopista estaba flanqueada por pozos de petróleo muy parecidos a los que había visto en la película *Gigante*, que, con un tac, tac, arriba y abajo, extraían lentamente el oro negro; bueno, el poco petróleo que hay en Cuba.

El hotel Las Américas es un gran hotel. Está situado junto a un nuevo campo de golf frente al mar. Entre los servicios del hotel encontramos la posibilidad de realizar deportes náuticos y me llamó especialmente la atención la posibilidad de alquilar motos acuáticas, como en cualquier playa de un país volcado en el turismo de lujo. Las motos acuáticas me atraían especialmente, tanto como las motos de nieve.

Bajamos rápidamente a la playa; Ana no quería perder ni un solo minuto de sol y arena. Como no teníamos muchas ganas de comer, pensamos en hacerlo en la misma playa, en cualquiera de los restaurantes que allí mismo existían.

El aire era cálido, el olor de la sal del mar traía recuerdos de otros días de playa: el Mediterráneo, los niños. Pero esto era algo completamente diferente.

El color del mar iba desde el verde claro hasta el azul intenso, con una gama de colores inusual, pero claramente marcados cada uno de ellos. Jamás había visto un mar así. La arena, muy blanca, pero de un blanco casi marmóreo y rodeada por un bosque de palmeras que no dejaban ver a través de ellas las edificaciones del complejo hotelero. Era como si estuviéramos en una isla desierta. Cuando entras por primera vez en contacto con esta visión, crees estar soñando; es una visión fantástica, sin diferencia de lo que habrían visto nuestros antepasados cuando llegaron aquí por primera vez y que apenas había cambiado en cinco siglos.

Te quedas tan sorprendido que olvidas todo; tus sentidos parecen desarrollarse para poder captar todo lo que les llena.

Cuando oí mi nombre, me desperté como de un sueño que me tenía absorto.

—¡Juan, Juan, Juan! ¿Es que no me oyes? —gritaba Ana.

—Perdona, pero no te oía; esto es una maravilla.

Estaba sorprendido por tanta belleza.

La abracé cuando llegó a mi lado, echándola sobre la fina arena. Era lo único que me faltaba en ese momento para encontrarme en el paraíso.

La besé, mientras me pegaba a ella, sintiéndola más mía que nunca.

—¡Tranquilízate! Tenemos tiempo para todo —dijo mientras se alejaba corriendo hacia el mar.

La seguí.

Cuando Ana empezó a tener hambre, nos dirigimos al chiringuito más cercano donde se podía comer de todo, pero especialmente comida italiana, con lo que una pizza y una ensalada nos iban a permitir tanto hablar de la solución final como volver de nuevo a la playa después de comer.

Durante la noche, había estado pensando en lo tontos que somos los hombres ante una mujer; siempre evaluamos y sopesamos las posibilidades, y siempre utilizamos una evaluación sexual de la misma. Esto sería humillante para cualquier mujer, pero le abre un campo en el que toda mujer que quiera utilizar estas armas tiene una amplia ventaja sobre el hombre y, sobre todo, si esta lo que quiere es matarlo; y, estando dispuesta a ello, prácticamente estás perdido. Ricky estaba condenado a muerte y él mismo se ataba la soga al cuello.

XII

El terrorista

Y llegó el miércoles, el día por esperado no menos temido. El día anterior habíamos alquilado dos motos acuáticas para esa mañana.

Ricky había llamado a Ana a primera hora; estaba impaciente. Ana le dijo que no se olvidase el bañador y que la buscara en la playa, enfrente de la piscina del hotel, para que la encontrara rápidamente.

Todo estaba planeado al milímetro: saldrían al mar en una de las motos y yo les seguiría desde lejos, hasta el momento y lugar de dar fin a nuestro plan. Otro plan casi improvisado y ahora sin armas, pero sin armas de fuego, porque armas de mujer las tenía todas Ana y Ricardo podía considerarse muerto.

Ana tomaba el sol, estaba tan espectacular como siempre. Ricky la reconoció desde lejos; cuando llegó, se sentó a su lado. Ana se incorporó y le besó en las mejillas.

La playa de Varadero, junto al hotel, era un auténtico lugar paradisiaco. Arenas doradas, salteadas de palmeras donde podías protegerte del sol o simplemente trepar por sus troncos inclinados que te pedían acceder a sus cocos. La vegetación ocultaba las instalaciones del hotel absolutamente y parecía que te encontrabas en una isla desierta de película.

—Me alegro de que hayas llegado tan pronto —dijo Ana.

—He llegado lo antes posible, me han dejado una moto, si es que se la puede llamar así, y de color amarillo, pero me gusta; es muy de los 70 —apostilló Ricky.

Podríamos decir que era atractivo. Le había dado tiempo a ponerse moreno. Se quitó la camisa y los pantalones cortos que llevaba puestos: fuerte, alto, quizás la nariz un poco grande.

Ana le miró detenidamente; solo veía en él el objeto de su venganza. Imaginaba a Fede abriendo la puerta de su despacho, con su sonrisa puesta, y Ricky empujándolo y disparándole en el suelo sin cruzar una sola palabra, fríamente. El recuerdo de Fede solo le permitía un hueco para el odio.

Oyó la voz de Ricky, volviéndola a la realidad.

—¿Qué tal lo estás pasando en Cuba? Es un país maravilloso, ¿no te parece? Qué diferencia con nuestra tierra. El sol, las playas, es sin duda una parte del paraíso.

Había dejado de ser un *gudari* vasco para pasar a ser un simple mortal que aquella mujer maravillosa iba a manejar a su antojo.

—¿Se fue Juan a La Habana pronto?

—Sí, como te dije, va a pasar el día en la ciudad; es más, me ha llamado hace un rato, la cosa se ha liado y tiene una cena esta noche. No volverá hasta mañana —dijo ella.

A Ricky se le iluminó la cara.

—Entonces ¿qué planes tenemos?

—Según a la hora que tengas que volver.

—No, a mí no me espera nadie. Nadie sabe que estoy aquí. En realidad, he tenido que despistar a mi amigo. Está muy pesado y no me deja ni a sol ni a sombra. Le he dicho que iba a dar una vuelta.

—Entonces tenemos todo el día, como mínimo —dijo pícaramente—. He alquilado una moto acuática de dos plazas.

Me apetece mucho dar una vuelta. Daremos un paseo y luego comeremos aquí en la playa. Después ya veremos —dijo, dejando el camino abierto a la imaginación.

Ricky estaba un poco sofocado; sería por el sol.

—Por mí, encantado, pero déjame coger una cerveza. ¿Tú quieres algo?

—Sí, tráeme una piña colada.

Se alejó hacia donde se suponía estaba el hotel, tras la vegetación tropical que lo ocultaba, al igual que sus instalaciones deportivas y barras en las que podías encontrar cualquier bebida que desearas. Los hoteles españoles disponían de todo aquello que carecían los cubanos de a pie, pero donde los turistas disfrutaban de todo lo imaginable en el Caribe.

Cuando volvió, eran casi las doce, por lo que Ana se levantó y ambos se dirigieron por la playa hacia el pequeño embarcadero del fondo, con las copas en la mano. Se acercaba la hora.

Yo ya me encontraba en el mar cuando ellos salieron, dando vueltas relativamente cerca.

Él conducía mientras ella le rodeaba la cintura con ambas manos. Partieron a toda velocidad mar adentro. Ana le iba indicando; bordearon la playa y pusieron rumbo hacia los cayos, yo la seguía a prudente distancia.

Ana le dijo al oído gritando:

—Aminora, quiero darme un baño aquí; cuida de la moto.

Se arrojó al agua por el lateral de la moto y Ricky dio vueltas muy despacio a su alrededor.

Cuando la vi arrojarse al agua, me fui acercando poco a poco. Ana subió de nuevo a la moto con el torso desnudo.

—Se me ha soltado la parte de arriba del bikini; no lo encuentro.

Ricky la dejó al mando de la moto y se arrojó al agua para buscar la parte del bikini perdida, que ya le había hecho perder absolutamente el control: ¡un buen caballero vizcaíno con las damas! Ana se alejó un poco y yo me acerqué. Cuando Ricky emergió, me reconoció, puso cara de no entender nada.

—¿Qué ocurre? —dijo sofocadamente.

—Federico Legorburu. En Lecumberri. ¡¿Recuerdas?! —le gritó Ana.

Ricky comprendió inmediatamente; ya sabía de qué le sonaba la cara de Ana. ¡Las fotografías del comando de información! ¡Era la mujer de Federico Legorburu! Incluso había comentado con los demás su belleza.

Ana aceleró la moto y Ricky vio cómo se le iba acercando la muerte montada en su mecánico caballo blanco, levantando una polvareda de espuma. Estaba paralizado. Notó un golpe seco en la cabeza y luego nada.

Yo me había dado cuenta del golpe y vi a Ricky sumergirse. Dimos varias vueltas durante quince minutos, por si emergía. Nunca volvimos a verle, ni nadie más. Se lo había tragado el mar y muy pronto de sus restos darían buena cuenta los tiburones, tan abundantes en la zona.

Ana bajó la cabeza y pareció dirigir unas palabras a Fede, como el brindis de los toreros.

—¡Va por ti!

Me pareció un poco macabro, pero quién sabe lo que pasa por la cabeza de una mujer en ciertos momentos.

Y este debía ser uno de ellos.

Fuimos a devolver las motos y nos dirigimos a comer paseando por la playa hasta el hotel Meliá Varadero, que se encontraba al final de la misma; la paella realizada por un cocinero murciano nos quitó el último sinsabor de la mañana. Volvimos al hotel y, ya en la habitación, pedimos una botella de cava para continuar las vacaciones. Cuba, cava y Ana eran sin duda el mejor acompañamiento que se puede tener en una tarde de calor.

Esperamos que anocheciese para deshacernos de la moto amarilla en que había venido Ricky; los acantilados y el mar ayudaron mucho. Un paseo nocturno en una isla maravillosa puso fin a una aventura inesperada.

Ahora era cuando comenzaban nuestras verdaderas vacaciones; quedaban tres días que se convirtieron en inolvidables. La playa, el sol, la piña colada, el ron, la cena en la casa Sanadú, el mercadillo, los paseos en catamarán, en coche de caballos y Ana, sobre todo, Ana.

El domingo volvimos a La Habana; el avión salía a las 21 horas, con lo cual teníamos tiempo para despedirnos de la familia. El primo Ignacio estaba emocionado; le prometimos mandarle un billete para que pudiera volver a Navarra y conocer a su familia.

Le dejamos dinero y parte de nuestro corazón.

Tuvimos tiempo todavía para dar una vuelta por La Habana Vieja, esa ciudad que nunca olvidaríamos y donde habíamos encontrado de nuevo la paz.

De Ricky no volvimos a tener noticias. No sabemos las consecuencias que tuvo su desaparición, si es que hubo alguna.

La noticia no era útil en un país sin noticias; hubiera sonado extraño y puesto en duda la seguridad de los que estaban con la revolución vasca sin más.

El avión salió con demora, tras el férreo control de salida. Los verdes uniformes de la policía cubana daban un aspecto más tercermundista al austero aeropuerto de La Habana.

Si supieran que se les escapaban de las manos quienes habían hecho desaparecer a un terrorista protegido por el régimen de Fidel, sabe Dios qué tipo de torturas hubiésemos sufrido, teniendo en cuenta las que sufren los disidentes del régimen por apenas nada.

El viaje de noche hizo que el vuelo se hiciese más corto y el sueño acumulado nos permitió dormir gran parte del viaje.

Llegamos a Madrid. El piloto anunció la llegada, deseando que hubiésemos tenido un buen viaje. La Terminal 4 nos recibía de nuevo.

Hacía frío; habíamos perdido el calor tropical y recuperado el frío castellano.

Una fortísima explosión llenó el ambiente. Gritos, carreras, miedo.

ETA había hecho explotar un coche bomba en el aparcamiento del aeropuerto. Quinientos kilogramos de explosivos eran su saludo; no todo había acabado, la lucha continuaba…

Epílogo

Vitoria-Gasteiz

El 31 de marzo, el diputado abertzale D. Gorka Laberdi recibía en su despacho del Parlamento vasco una carta sin remitente que había pasado todos los controles de seguridad sin problemas. Sentado frente a su escritorio, leía, mientras iba palideciendo su semblante según avanzaba en su lectura.

> *Distinguido señor:*
>
> *Esperando que estos días hayan servido de reflexión, tanto para ustedes como para sus correligionarios, queremos transmitirles nuestro más sincero pésame por las muertes del padre Pachi, Juan Mary y Arancha.*
>
> *Viéndonos en la necesidad de reivindicar la idea de que la vida es lo más valioso e importante que hay y que tenemos en común tanto ustedes como nosotros, le reclamamos que, como representante de algunos vascos, entre los que se encontraban los tres anteriores, haga todo lo que esté en su mano para que no tengamos que volver a actuar con un coste tan alto, en reciprocidad por los desvelos que ustedes se toman con la vida de los demás.*
>
> *Reciba nuestras más sinceras condolencias, haciéndolas extensivas a todos sus correligionarios, deseando que no se encuentren incluidos en la lista de nuestro próximo pésame, si no se solucionan las actitudes hasta ahora contempladas.*

Índice